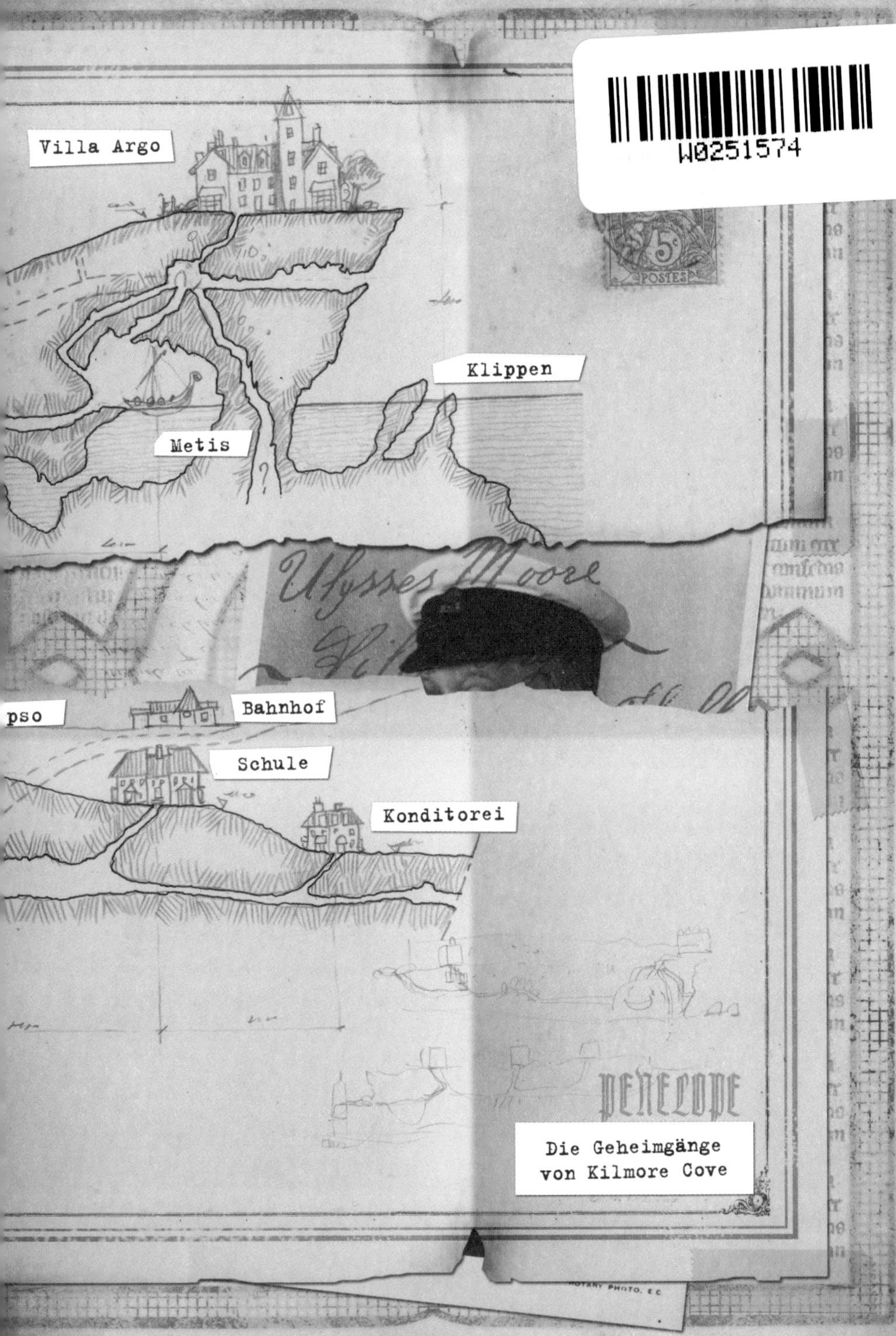
Villa Argo
Klippen
Metis
Ulysses Moore
pso
Bahnhof
Schule
Konditorei
5c
POSTES
PENELOPE
Die Geheimgänge
von Kilmore Cove
ROTARY PHOTO. E.C.

ULYSSES MOORE

DER ERSTE SCHLÜSSEL

Ulysses Moore

Der Erste Schlüssel

Aus dem Italienischen von
Cornelia Panzacchi

COPPENRATH

54321
ISBN 978-3-8157-9869-0

Text by Pierdomenico Baccalario
Original cover and Illustrations by Iacopo Bruno
Graphics by Iacopo Bruno

Original Title: Ulysses Moore – La Prima Chiave
Translation: Cornelia Panzacchi
www.ulyssesmoore.it

Redaktion: Valerie Flakowski
Satz: creaboni design & support, Münster
Printed in Germany

www.coppenrath.de

Anmerkung des Verlags

Nach über einem Monat Funkstille, die wir sehr beunruhigend fanden, hat sich unser Mitarbeiter Markus Renner endlich wieder gemeldet. Zuerst erhielten wir ein Telegramm, in dem er uns mitteilte, dass er die Übersetzung von Ulysses Moores sechstem Heft abgeschickt hätte. Nur wenige Tage später traf diese dann bei uns ein. Wie ihr euch schon denken könnt, enthält sie aufsehenerregende Enthüllungen. Viel Spaß beim Lesen!

Das Lektorat des Coppenrath Verlags

PS: Wenn ihr wissen wollt, wo sich Markus Renner zurzeit aufhält, braucht ihr euch nur den Umschlag und die Briefmarke genauer anzuschauen.

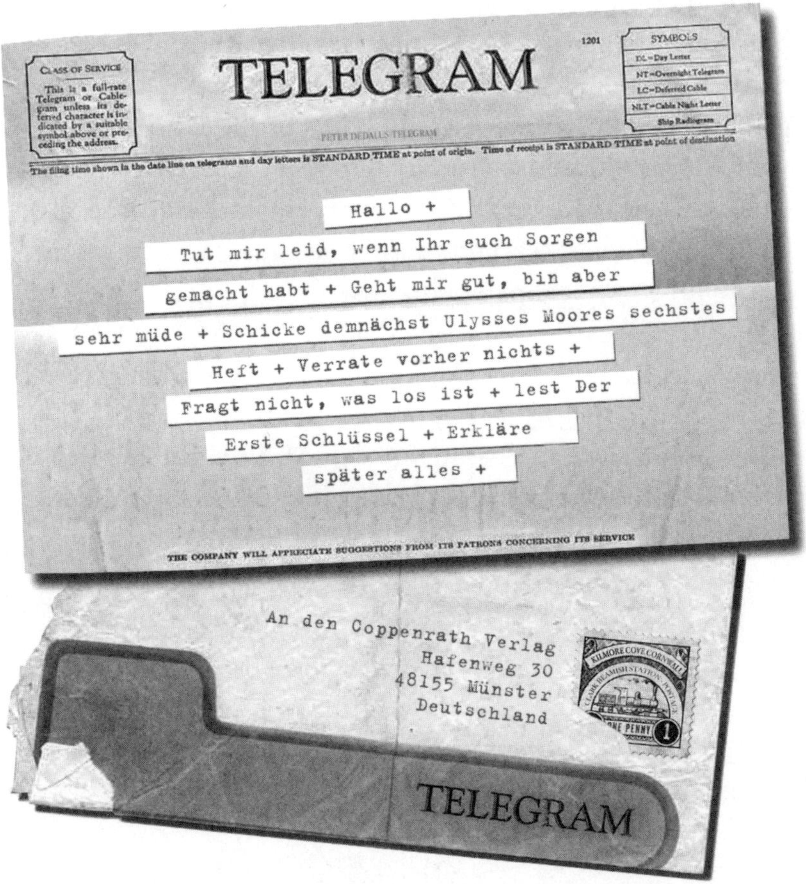
TELEGRAM
Class of Service
This is a full-rate Telegram or Cablegram unless its deferred character is indicated by a suitable symbol above or preceding the address.
1201
SYMBOLS
DL=Day Letter
NT=Overnight Telegram
LC=Deferred Cable
NLT=Cable Night Letter
Ship Radiogram
PETER DEDALUS TELEGRAM
The filing time shown in the date line on telegrams and day letters is STANDARD TIME at point of origin. Time of receipt is STANDARD TIME at point of destination
Hallo +
Tut mir leid, wenn Ihr euch Sorgen
gemacht habt + Geht mir gut, bin aber
sehr müde + Schicke demnächst Ulysses Moores sechstes
Heft + Verrate vorher nichts +
Fragt nicht, was los ist + lest Der
Erste Schlüssel + Erkläre
später alles +
THE COMPANY WILL APPRECIATE SUGGESTIONS FROM ITS PATRONS CONCERNING ITS SERVICE
An den Coppenrath Verlag
Hafenweg 30
48155 Münster
Deutschland
KILMORE COVE CORNWALL
ONE PENNY
1
TELEGRAM

Ulysses Moore
Der Erste Schlüssel
Sechstes Heft

Inhalt

CLASS OF SERVICE
This is a full-rate Telegram or Cablegram unless its deferred character is indicated by a suitable symbol above or preceding the address.
TELEGRAM
SYMBOLS
DL = Day Letter
NT = Overnight Telegram
LC = Deferred Cable
NLT = Cable Night Letter
Ship Radiogram
PETER DEDALUS TELEGRAM
The filing time shown in the date line on telegrams and day letters is STANDARD TIME at point of origin. Time of receipt is STANDARD TIME at point of destination
Hall0, Alter!+
?u wirst bal? unerwünschten
Besuch aus KilmOre
COve erhalten +
Lass ?ie Tür zur Zeit
überprüfen +
Halte Oblivia ein für alle
Mal auf + ?ein treuer Freun?
Peter
Die letzte Kerze

Es war eine sternenklare Nacht. Riesig und still wölbte sich der Himmel über einer Hochebene, die von schroffen Bergen eingerahmt wurde. Unsichtbar für alle, die den Weg nicht kannten, befand sich dort der Garten des Priesters Johannes inmitten einer gewaltigen Festung, die auf mächtigen Felsen thronte. Eine Anlage mit hohen Zinnen, Treppen und Streben, Türmen und starken Mauern. In ihrem Inneren gab es lange Flure, in denen der Wind pfiff, der durch die Ritzen der Bleiglasfenster hereindrang. In den offenen Feuerstellen der Räume schwelte die Glut. Von den zahllosen Schornsteinen stiegen träge Rauchfahnen auf. Die im Garten lebenden Pfauen hatten sich zum Schlafen in der Nähe des großen Gartentors eingefunden.

Das Fenster eines kleinen Hauses war noch hell erleuchtet. Dahinter stand ein Mann und sah hinaus in die Dunkelheit, dann senkte er den Blick auf die merkwürdige Nachricht in seiner Hand. Sie sah eigenartigerweise aus wie ein Wandteppich in Miniaturausgabe, in den ein Text eingewebt war:

Hall0, Alter!+
?u wirst bal? unerwünschten Besuch aus Kilm0re C0ve erhalten + Lass ?ie Tür zur Zeit überprüfen + Halte 0blivia ein für alle Mal auf +
?ein treuer Freun?
Peter

Eine Tür wurde geöffnet und die Flammen der im Zimmer aufgestellten Kerzen flackerten im Luftzug.
Eine Asiatin betrat den Raum. »Deine Information war zutreffend«, sagte sie, während sie sich leicht verneigte. »Die Soldaten haben zwei Eindringlinge festgenommen.«
»Zwei?«, murmelte der Mann nachdenklich, der die Verbeugung erwidert hatte. Er ging mit der Nachricht zum Kamin und warf sie in die Flammen, wo sie verbrannte und in schwarzem Rauch aufging. »Dann müssen wir beide hier schleunigst fort, liebe Freundin. Und ich fürchte, dass es eine lange Reise werden wird«, sagte er mit grimmig verzerrtem Gesicht.
Die junge Chinesin verneigte sich wieder kurz. »Ich werde meine Sachen packen.«
Sobald sie den Raum verlassen hatte, löschte der Mann alle Kerzen bis auf eine. Er schob einen Wandteppich beiseite und steckte die Hand in eine Nische. Dabei passte er gut auf, keine der Fallen zu berühren, die sie schützten. Er zog eine reich verzierte Holzschatulle heraus und drückte auf einen Knopf, der das Schloss öffnete.
In der Schatulle lagen Schlüssel, deren Griffe mit Tieren verziert waren. Er bemerkte sofort, dass vier Schlüssel fehlten: der mit dem Dachs, der mit dem Reh, der mit dem Esel und der mit dem Hasen.
Verwirrt blies er auch noch die letzte Kerze aus und verschwand in der Dunkelheit.

Die Treppe

Jason hielt seine Schwester fest. »Pscht!«, zischte er.

»Was ist?«, fragte Julia leise.

Sie standen auf der Mitte einer engen Treppe, an deren oberem Ende eine an der Wand befestigte Fackel brannte. Sie beleuchtete ein großes Tor, hinter dem es klirrte, als sei gerade jemand dabei, es aufzuschließen.

Die Zwillinge sahen sich rasch um: Ihnen blieb kaum Zeit, sich zu verstecken. Die einzige Zufluchtsmöglichkeit waren zwei Nischen rechts und links des Tors. In ihnen befanden sich große Tonvasen, in denen buschige Pflanzen wuchsen.

Jason zeigte auf die eine, damit sich seine Schwester dort versteckte, und lief auf die andere zu.

Julia zwängte sich in den knappen Raum zwischen Vase und Wand, während Jason so hastig auf das andere Gefäß zusprang, dass er ins Stolpern geriet.

Er fiel der Länge nach hin und stöhnte gequält auf. Erst in dem Moment, als sich das Tor mit einem lauten Quietschen öffnete, krabbelte er auf allen vieren hinter den Krug. Sekunden später wurde die Treppe in helles Licht getaucht.

Erschrocken riss Julia die Augen auf. Jasons rechter Schuh war vor der Vase liegen geblieben. Hoffentlich verriet er sie nicht.

Ein kräftiger Mann nahm die Fackel aus der Halterung und schaute in Julias Richtung. Schnell drückte sie sich enger an die Wand und betete, dass er sie nicht bemerkte.

»Du hast viel zu viel Krach gemacht, Zan-Zan!«, rief der Mann mit donnernder Stimme. »Willst du die ganze Festung wecken?«

Zan-Zan schloss das Tor. Über ihrer Schulter hing ein schwerer Sack aus blauer Seide, der mit dicken Kordeln verschlossen war.

»Haben wir die Fallen aktiviert?«, sprach der Mann mehr zu sich selbst als zu seiner Begleiterin. »Die Reiher? Die Pfeifer? Und die Kaninchen? Hm ... ja, ich glaube, das Labor ist gesichert.«

»Moment mal ...« Die Frau blieb ganz plötzlich stehen.

Julia hielt die Luft an. Hoffentlich sehen sie uns nicht ... Hoffentlich sehen sie uns nicht, murmelte sie in Gedanken vor sich hin. Zan-Zan trat einen Schritt auf die Vase zu, hinter der sich Jason versteckte. Julias Herz raste.

Zan-Zan war eine sehr kleine Frau. Sie trug einen runden Hut und einen glockenförmigen blauen Umhang. Der Mann war kräftig, nicht allzu groß, hatte einen dunklen Bart und steckte in einem bodenlangen Mönchsgewand, zu dem die Turnschuhe, die er anhatte, nicht recht zu passen schienen.

Zan-Zan griff in die Pflanze hinein und pflückte einige Kamillenblüten. »Ich bin mir nicht sicher, genug mitgenommen zu haben«, sagte sie.

Der Mann nickte und eilte die Treppe hinunter. Die Frau folgte ihm. »Jetzt müssen wir aber weiter. Uns bleibt nicht mehr viel Zeit.«

Julia beugte sich vor, um besser sehen zu können. Der Mönch mit den Turnschuhen hatte einen alten Rucksack geschultert. Sie stutzte. Sein Gesicht kam ihr irgendwie bekannt vor.

Als der Klang der Schritte verebbte und der Schein der Fackel immer schwächer wurde, wagte sich Julia aus ihrem Versteck hervor und rief leise nach Jason. »Sie sind weg!«

»Aua!«, zischte ihr Bruder und kam zum Vorschein. »Hab mir vorhin ganz schön wehgetan!«

Die Zwillinge überlegten kurz, ob sie den beiden Fremden folgen sollten, das schien ihnen aber viel zu gefährlich.

»Die zwei haben von einem Labor gesprochen«, sagte Julia.

»Ja, das habe ich auch gehört.«

»Und von Fallen.«

»Und von Reihern, Pfeifern und Kaninchen«, ergänzte Jason.

»Was könnte das bedeuten?«

»Keine Ahnung.« Jason schaute sich die hohen Torflügel genauer an. »Wir haben aber ohnehin schon genug zu tun. Wir sollten Black Vulcano so schnell wie möglich finden und zur Villa Argo zurückkehren, bevor Mama und Papa merken, dass wir verschwunden sind. Also, wir wissen, dass sich Black hier versteckt hält und dass er alle Schlüssel von Kilmore Cove mitgenommen hat ...«

»Einschließlich des Ersten Schlüssels«, unterbrach Julia ihren Bruder. »Außerdem müssen wir Rick finden«, fügte sie hinzu. Ihre Stimme klang angespannt.

»Mach dir mal keine Sorgen. Bestimmt geht es ihm gut.«

»Aber ...«

»Du brauchst seinetwegen keine Angst zu haben. Wenn wir nach Kilmore Cove zurückkehren, wird er dort auf dich warten und ...« Jason spitzte die Lippen und ahmte einen Kuss nach.

»Idiot!«, schimpfte Julia.

Jason umfasste einen silberfarbenen Torknauf und zog daran. »Sie haben nicht abgeschlossen«, flüsterte er aufgeregt.

Julia biss sich auf die Unterlippe. »Sind dir eigentlich die Schuhe aufgefallen?«

»Hm ... «, machte Jason gedankenversunken.

Sie erreichten eine große Terrasse mit Zinnen, in deren Mitte die Überreste eines Feuers schwelten. Links davon führte ein schmaler Wehrgang auf der Mauer der Festungsanlage entlang, auf dem man zu weiteren Terrassen gelangte, wo ebenfalls mehrere Feuer brannten.

Die Nachtluft war trocken und mild. Der Vollmond tauchte alles in ein perlmuttfarbenes Licht.

»Hast du mir überhaupt zugehört?«, fragte Julia.

»Klar«, antwortete Jason. Er war zu den Zinnen am Rand der Terrasse gegangen und steckte den Kopf hindurch. Fast augenblicklich wich er zurück. »Oh!«

Julia war neben ihren Bruder getreten und schaute ebenfalls nach unten. Vor Schreck blieb ihr die Luft weg. »Mannomann ...«, murmelte sie. Im Unterschied zu Jason gelang es ihr jedoch, das Schwindelgefühl zu bezwingen und einen weiteren Blick zu riskieren.

Wie eine riesige schlafende Schlange ruhten die Mauern der Festungsanlage auf dem Rand eines Abgrunds. Davor öffnete sich eine mehrere hundert Meter tiefe Schlucht, auf deren Grund viele kleine Lichter zu sehen waren. Sie gehörten zu einer Stadt, die sich an den Fuß der Felswand schmiegte.

»Jason, alles klar?«, fragte Julia. Im Schein des Vollmonds leuchtete das Gesicht ihres Bruders gespensterhaft bleich. »Geht's wieder?«

»Jaja, sicher«, log er.

»Ist dir schwindelig geworden?«, wollte Julia wissen.

Jason verschränkte die Arme vor der Brust. »Machst du Witze?«

»Hast du gesehen, wie tief es da runtergeht? Wir sind wohl hundert oder zweihundert Meter über der Stadt. Das hier ist zwei- oder dreimal so hoch wie die Klippen bei der Villa Argo ...«

»Julia, bitte hör auf«, bat Jason sie und wurde noch blasser.

Julia griff nach seinem Arm, um ihn zu stützen. »Hast du das Gefühl, es dreht sich alles?«

»Ja, das auch. Und mir ist schlecht.«

»Du hast Höhenangst.«

»Das kann nicht sein! Ich habe noch nie ...«

»So etwas kann ganz plötzlich kommen.«

»Vielleicht ...« Jasons Beine zitterten und seine Schwester begleitete ihn zu den Zinnen an der Innenseite der Festung.

»Setz dich hier hin. Fühl mal, wie dick und stabil die Mauer ist. Es kann gar nichts passieren.«

»Julia ...« Jasons Stimme hatte mit einem Mal einen schrillen Unterton angenommen.

»Was?«, fragte sie. Sie folgte Jasons Blick und konnte nur mit Müh und Not einen Schrei unterdrücken.

Wenige Schritte von ihnen entfernt lag ein Toter. Er war wie ein Ritter aus dem Mittelalter gekleidet und lehnte an der Wand des Wehrgangs. Seine Hände umklammerten den Stiel einer Hellebarde.

»Ist das ... ein Wachtposten?«, stammelte Jason.

»Die beiden könnten ihn umgebracht haben«, vermutete Julia.

»Mörder, die Kamille pflücken? Komisch ...«

»Der Mann trug Turnschuhe.«

»Klar. Und er hatte auch sicher ein Handy dabei.«

»Nein, im Ernst. Wie deine alten Nike-Turnschuhe.«

Jason atmete tief durch. Langsam kehrte die Farbe in sein Gesicht zurück und er schaute sich um. »Wir sind im Mittelalter gelandet!«

»Aber ich schwöre dir ...«

Jason stand auf und ging zu dem Soldaten. »Sieh doch: Tunika, Umhang, Kettenhemd und Speer.«

»Man nennt das Ding Hellebarde«, verbesserte Julia ihn. »Was machst du da?«

»Ich schaue nach, ob er wirklich tot ist.« Jason legte eine Hand auf die Brust des Fremden. Weil er dort nichts spüren konnte, griff er nach dem Handgelenk. Dadurch rutschte die Hellebarde zwischen zwei Zinnen. Jason tastete den Arm des Soldaten ab. »Er ist nicht tot! Ich spüre seinen Puls.« Dann beugte er sich zu dem Gesicht des Mannes herunter und schnupperte an dessen Atem. Er roch nach Kamille. »Der schläft nur.«

»Ich schlage vor, dass wir gehen, bevor er aufwacht«, sagte Julia.

Jason nickte. »Gute Idee. Aber wohin?«

Seine Schwester zeigte zum Wehrgang. »Wenn wir nicht zurückwollen, bleibt uns nur eine Richtung.«

»Gut.« Jason entfernte sich von dem schlafenden Soldaten, wobei er über den Stiel der Hellebarde stolperte.

»Pass auf!«, rief Julia.

Doch bevor Jason etwas tun konnte, stürzte die Waffe in die Tiefe.

Die Glocken von St. Jacob's

Gwendaline Mainoff saß am Steuer ihres bonbonfarbenen Wagens und brachte es einfach nicht fertig, das Lenkrad loszulassen. Das Auto stand, der Motor war ausgeschaltet und nur die Scheibenwischer schleiften alle fünf Sekunden über die Windschutzscheibe, obwohl es nicht mehr regnete. Die Friseurin von Kilmore Cove starrte mit halb geöffnetem Mund ins Leere. Sie war so verwirrt wie noch nie zuvor in ihrem Leben.

»Habe ich etwas falsch gemacht?«, fragte sie sich zum x-ten Mal.

Mrs Covenant war sehr nett zu ihr gewesen, ganz im Gegensatz zu Oblivia. Sie hatte Gwendaline betrogen, ja, genau das hatte sie getan. Wie ein dummes kleines Mädchen hatte sie sie behandelt.

»Ich bin zweiunddreißig Jahre alt«, sagte Gwendaline zu ihrem Spiegelbild in der Windschutzscheibe.

Dann grübelte sie weiter über das nach, was geschehen war.

»Oblivia hat gesagt, Manfred wollte nur kurz ins Haus, um sich eine Tür anzuschauen, wegen einer Sammlung ...« Sie zählte die einzelnen Sätze an ihren Fingern ab.

»Sie sind mit mir zur Villa Argo gefahren, wo ich Mrs Covenant die Haare färben sollte. Dann waren sie plötzlich verschwunden. Und als Mrs Covenant mich gefragt hat, wo denn mein Gehilfe geblieben sei, habe ich sie angeschwindelt. Ich habe ihr erzählt, er sei zu Fuß ins Dorf zurückgelaufen. Obwohl ich nicht die leiseste Ahnung hatte, wo die beiden stecken könnten.«

Gwendaline war beim sechsten Finger angelangt. Sie hatte begriffen, dass irgendetwas nicht stimmte. Dass es naiv gewesen war, Oblivia Newton zu vertrauen.

»Dumm«, hätte ihre Mutter gesagt. »Dumm«, sagte Gwendaline zu ihrem Spiegelbild.

Es war schon fast Zeit fürs Abendessen. In den Fenstern der Häuser brannte Licht und in den Straßen roch es nach heißem Fett: Mrs Fisher, die am hinteren Ende von Kilmore Cove wohnte, frittierte wohl wieder den üblichen Berg Pommes frites, mit dem sie den Hunger ihrer sieben Söhne zu stillen hoffte. Irgendwo in der Ferne bellte ein Hund.

»Und wenn sie etwas gestohlen haben?«, überlegte Gwendaline laut. »Während ich mich um Mrs Covenant gekümmert habe, konnten sie sich ungestört im Haus umsehen und ...«

Ganz in diese beunruhigenden Gedanken versunken, biss sie auf ihren Fingerknöcheln herum.

»Ich will nicht, dass sie mich für eine Diebin hält!«, rief Gwendaline. Dabei schlug sie so heftig auf das Lenkrad, dass die Hupe losging. »Verräter! Warum hast du mich bloß in diese Situation gebracht?«

Gemeint war natürlich Manfred, der Mann mit der Narbe, den sie am Strand gefunden, nach Hause gebracht und liebevoll gesund gepflegt hatte.

Der Mann, dessen Fieberträume von Reisen nach Venedig, nach Ägypten und an andere exotische Orte sie so fasziniert hatten. Fasziniert und hereingelegt!

Gwendalines Zorn wuchs. Sie klammerte sich wieder an das Lenkrad. Dabei war die Sache längst gelaufen: Sie waren zu dritt zur Villa Argo hinaufgefahren und Gwendaline war allein wieder in den Ort zurückgekehrt. Jetzt war es zu spät herauszufinden, welche Absichten Oblivia und Manfred verfolgten.

Sie konnte sich nur noch entschuldigen und für eventuell entstandene Schäden aufkommen.

»Denk doch mal nach, Gwendaline ...«, ermahnte sich die junge Friseurin. »Wenn ich das meiner Mutter erzähle ...« Doch sie führte diesen Gedanken lieber nicht weiter aus. »Wenn ich sofort bei den Covenants anrufe oder wieder zu ihnen hinauffahre ... Als Kunden wäre ich sie dann natürlich los, so viel steht fest. Und wenn ich stattdessen bei der Polizei anrufe?«

Das wäre eine Möglichkeit. Aber die Polizisten von Kilmore Cove würden ihre Stimme am Telefon sofort wiedererkennen. »Pater Phoenix!«, rief die Friseurin mit einem Mal erleichtert.

Sie startete den Motor, stellte endlich die Scheibenwischer ab, wendete das Auto mitten auf der Straße und hätte dabei beinahe eine von Miss Biggles' Katzen erwischt, die sich fauchend auf eine Straßenlaterne rettete.

Gwendaline hatte schon seit Jahren nicht mehr mit dem Pfarrer gesprochen, aber in diesem Augenblick war sie überzeugt davon, auf diese Weise ihr Gewissen erleichtern zu können.

Außerdem war auf Pater Phoenix Verlass.

Er würde das, was sie ihm anvertraute, niemandem verraten.

Dagobert
von den
Dachsteigern
Kilmore Cove

Je weiter sie gingen, desto sicherer fühlte sich Jason auf dem Wehrgang und desto schneller kamen sie voran.

Julia sagte nicht viel. Sie betrachtete die nächtliche Landschaft, die sich scheinbar grenzenlos wie ein schwarzes Meer zu ihren Füßen erstreckte.

Jason dagegen hütete sich, nach unten zu schauen. Er richtete seinen Blick auf die Festungsanlage und sah Dutzende von Dächern, Gebäuden, Bögen, Statuen und Brunnen, Türmen, hohen Bäumen, größeren und kleineren Innenhöfen, Kolonnaden und Gassen, Schornsteinen und Fenstern.

Kurz bevor sie die zweite Terrasse erreichten, hörten die Zwillinge schon das auf ihr brennende Feuer knistern. Lautlos schlichen sie weiter.

Sie stießen auf einen zweiten Soldaten, der ebenfalls reglos am Boden lag. Gleich hinter ihm war eine steile, in den Stein gehauene Treppe. Sie führte nach unten, zu einer Gasse innerhalb der Festungsanlage.

»Gehen wir hier weiter?«, fragte Julia.

»Ich weiß nicht. Lass uns erst mal in Ulysses Moores Notizbuch nachsehen.« Jason setzte sich und schlug das Heft auf. Er blätterte darin herum, bis er zu dem Teil kam, in dem der innere Bereich der Festung beschrieben wurde. Auf den Seiten waren viele kleine Karten, in die mit rotem Stift Wege eingezeichnet worden waren. An den Abzweigungen standen kurze Beschreibungen: »nach rechts«, »nach unten«, »such die kleine Tür«.

Jede dieser Strecken begann und endete mit einem roten X und der Bezeichnung eines Ortes.

»Vom Tickenden Laden zur Küche der Tausend Feuer«, las Jason aus dem Notizbuch vor. »Vom Laden von Meister Blech zur Treppe des Beobachters, vom Saal des Großen Rats zur Bibliothek der Klagen ... Was sind das bloß für Orte?«

Julia kniff die Augen zusammen und sah sich nach einem Orientierungspunkt um. Sie zeigte ihrem Bruder zwei Türme, die sich dunkel vom helleren Hintergrund des Himmels abhoben.

Jason blätterte immer hastiger in dem Notizbuch herum. »Garten der Kleinen Pfaue, Keller des Lügners, Großer Kamin, Saal der Grauen Bälle, Palast der Schreienden Kissen ... Hier steht nirgends etwas von Türmen.«

»Vielleicht von Terrassen?«, überlegte Julia.

»Triefende Terrasse? Balkon der Vier Winde? Sims des Müden Adlers?«

»Such mal den Kreuzgang.«

»Das ist eine gute Idee.«

»Was ist eine gute Idee?«, fragte Julia.

»Nach dem Kreuzgang zu suchen.«

»Ich habe nicht gesagt, dass du nach dem Kreuzgang suchen sollst!«, erwiderte Julia verdattert.

Jason sah von dem Notizbuch auf. »Es ist trotzdem eine gute Idee.«

Das flackernde Feuer ließ ihre Schatten an der Wand tanzen.

»Der Kreuzgang der Verlorenen Zeit!«, rief Jason triumphierend und hielt seiner Schwester das Notizbuch unter die Nase. »Siehst du, es gibt ihn!«

»Aber ist es auch der richtige?«

»Verlorene Zeit ... Tür zur Zeit ... Auf der Zeichnung verläuft der Weg über die Treppen an der Mauer ...«

»Dann muss er es sein.«

»Und er führt ...« Jason drehte das Notizbuch um. »Zum Brunnen der Lava. Das könnte ein guter Ausgangspunkt für die Suche nach Black Vulcano sein.«

Skeptisch zuckte Julia mit den Schultern.

»Oder wir schlagen von dort aus ...«, Jason blätterte etwas zurück, »... den Weg vom Brunnen der Lava zum Großen Kamin ein oder aber ... zum Brunnen der Ewigen Jugend.«

»Jason, hast du das auch gehört?«, fragte Julia.

»Nein. Was denn?«

»Es war wie ein ...« Julia schüttelte den Kopf. »Ach, ist nicht so wichtig. Ich habe mich wohl geirrt.« Bevor sie ihrem Bruder die Treppe hinunter folgte, schaute sie sich um. Sie hatte plötzlich das Gefühl, beobachtet zu werden.

Als Julia und Jason außer Sichtweite waren, flog vom Abhang aus ein Metallhaken über die Mauer, an dem ein stabiles Lederseil befestigt war. Der Haken blieb an einem Spalt im Stein hängen und das Seil spannte sich. Zwischen zwei Zinnen erschien eine zierliche Gestalt. Nachdem sie sich vergewissert hatte, dass niemand zu sehen war, sprang sie auf die Terrasse. Mit knappen Bewegungen nahm die Gestalt den Haken an sich, rollte das Seil zusammen und hängte es sich zu mehreren anderen Seilen über die Schulter.

Es war ein Junge. Leise schlich er zu dem schlafenden Ritter und stahl ihm den Geldbeutel. Dann bewegte er sich lautlos auf die Treppe zu. Er spähte hinunter und lauschte aufmerksam. Die beiden Kinder machten so viel Lärm, dass es ein Leichtes war, ihnen zu folgen.

Julia und Jason durchquerten schattige Gärten, liefen durch stille Korridore, unbenutzte Säle und abgelegene Räume, in die nicht einmal das Licht des Mondes drang. Jedes Mal wenn sie Schritte hörten, gingen sie in Deckung. Einmal trafen sie auf einen alten Mann, der scheinbar ziellos durch die Gänge irrte. Ein anderes Mal auf eine Patrouille von Soldaten, die gelangweilt ihre Runde drehte.

Die Zwillinge orientierten sich mithilfe des Notizbuchs in dem Wirrwarr aus Straßen, kleinen Gassen und Höfen. Schließlich erreichten sie das Ende der in das Notizbuch eingezeichneten Strecke, den Brunnen der Lava.

Es war ein großer rechteckiger Raum. Er wurde von einem Oberlicht erhellt, durch das ein kegelförmiger Lichtstrahl auf den Fußboden fiel. Die niedrige Decke war rauchgeschwärzt und ein riesiger offener Kamin nahm eine Seite des Zimmers ein. Auf der erst vor Kurzem erloschenen

Glut lagen mehrere Roste, von denen der Geruch gebratenen Fleisches aufstieg.

»Was für ein trostloser Ort«, stellte Julia betrübt fest.

»Ich finde ihn eher ziemlich appetitanregend«, widersprach Jason seiner Schwester und ging zum Kamin.

Die Kohle strahlte noch ein wenig Wärme aus und auf einigen der Roste lagen vergessene Fleischstücke.

»Jason!«, rief Julia leise. An der Wand, die dem Kamin gegenüberlag, hatte sie eine Öffnung entdeckt. Durch sie gelangte man in ein weiteres Zimmer, aus dem leises Schnarchen drang. Julia trat einen Schritt darauf zu und sah ungefähr ein Dutzend schlafender Männer mit Schürzen und Kochmützen bekleidet, die nebeneinander auf dem Fußboden lagen.

Plötzlich hörte sie ein Scheppern.

Erschrocken drehte sich Julia um. »Bist du verrückt geworden?«, schimpfte sie, als sie sah, was ihr Bruder im Schilde führte. Auf Zehenspitzen schlich sie zu ihm zurück. »Schon mal überlegt, was passiert, wenn die Männer da drüben wach werden?«

»Etwas zäh, aber köstlich ...«, meinte Jason kauend. Er biss ein Stück Fleisch ab und hielt Julia den Rest hin. »Möchtest du probieren?«

»Jason!«

»Was ist denn?«, erwiderte er. »Ich war total ausgehungert.«

Julia zwang sich, ruhig zu bleiben. »Wir sind nicht hier, um uns den Bauch vollzuschlagen.«

»Hätte ich vor Hunger sterben sollen? Wenn du eine bessere Idee hast ...«

»Wenn du weiter so einen Krach machst, landen wir wie Oblivia Newton im Kittchen.«

Jason schluckte seinen Bissen herunter. »Schon okay.«

»Zeig mir noch mal das Notizbuch«, sagte Julia.

Jason drehte ihr die rechte Hüfte zu. »Ich habe schmutzige Hände.«

Julia zog das Notizbuch aus Jasons Hosentasche und ging damit ins Licht. »Wir müssen bei der Suche systematisch vorgehen.«

Jason nickte und kaute weiter.

»Wir wissen, dass Black Vulcano alle Schlüssel von Kilmore Cove dabeihatte, als er hierher aufgebrochen ist«, fuhr Julia fort. »Er ist durch die Tür gegangen, die sich im Zug der Ewigen Jugend befindet.«

»Richtig«, schmatzte Jason.

»Während wir die Tür zur Zeit in der Villa Argo genommen haben.«

Jason zog eine Augenbraue hoch. »Also?«

»Also ... sind wir beim Kreuzgang der Verlorenen Zeit herausgekommen, Black dagegen ...« Julia blätterte fieberhaft im Notizbuch. »Er muss irgendwo anders gelandet sein.«

»Aber wo?«

»Hm«, machte Julia. »In Punt hat es uns in die Lagerräume des Hauses der Gäste verschlagen ...«

»Ja, und dann hast du die Flucht ergriffen.«

»Während Oblivia durch die Tür im Haus von Miss Biggles nach Punt gelangt ist.«

»Genau rechtzeitig, um uns die Karte zu klauen«, sagte Jason. Dann schrie er plötzlich auf: »Aua!«

»Pscht«, machte Julia. »Was ist denn nun wieder los?«

»Ich hab mir die Finger verbrannt«, sagte Jason und biss in ein Kotelett, von dem das Fett nur so tropfte.

»Du bist ekelhaft.«

»Mach ruhig weiter.«

»Venedig: Durch die Tür zur Zeit in der Villa Argo sind wir in die Casa Caboto gekommen ...«

»Oblivia hat es jedoch durch die Tür im Haus der Spiegel ganz woandershin verschlagen«, ergänzte Jason. »Wunderbar, aber worauf willst du denn hinaus?«

»Wo mag in dieser Festung der Eingang sein, der der Tür der Ewigen Jugend entspricht?«

Jason biss wieder in das Kotelett. »Vielleicht beim Brunnen der Ewigen Jugend?«

»Vielleicht.« Julia schaute abermals ins Notizbuch.

»Nicht bewegen«, zischte Jason ihr da plötzlich zu.

Julia hob langsam den Kopf. »Was?«

»Bei drei ...«, flüsterte ihr Bruder und starrte auf etwas, das sich hinter seiner Schwester befand, »läufst du zum Ausgang. Eins ... Dreh dich nicht um! Zwei ...«

In diesem Augenblick rief jemand: »He, ihr! Wer zum Teufel seid ihr?«

»Drei!«, schrie Jason und stürmte los.

Die Zwillinge flitzten aus der Küche.

»Ihr elenden kleinen Diebe! Aber wartet nur, wir werden euch erwischen!«, brüllte einer der Köche hinter ihnen her.

Allgemeines Durcheinander brach aus. Julia und Jason stürzten in die Gasse.

Allerdings lief Jason nach rechts und Julia nach links. Unentschlossen blieben sie stehen.

»In diese Richtung!«, brüllte Jason.

»Nein, in diese!«, widersprach Julia ihm.

»Kommt lieber mit mir!«, hörten sie mit einem Mal eine Stimme über sich.

»Wer war das?«, fragte Julia und sah sich um.

Eine zierliche Gestalt hing über ihren Köpfen und ließ sich an einem Seil auf den Boden herab. Sie rollte das Tau auf und sagte: »Ich kann euch verstecken.«

Es war ein Junge. Er war vielleicht zehn Jahre alt, hatte sehr helle Augen und flinke Hände. Er war barfuß und trug ein seltsames Gewand aus zusammengenähten Lumpen. Um seine Taille und quer über die Schulter hatte er mehrere Seile gewickelt, an deren Enden spitze Haken befestigt waren.

Jason und Julia mussten nicht lange überlegen. Sie folgten dem Jungen und bogen hinter ihm in eine winzige Gasse ein. Von dort aus gelangten sie zu einer kleinen Tür, die die Form eines Nilpferds hatte und zu einer engen, hohen Wendeltreppe führte. Der Junge flitzte vor ihnen hinauf, öffnete die Luke darüber und kletterte auf einen Dachboden. Dort sah er sich um, bis er ein Fenster entdeckte, durch das er ins Freie schlüpfte.

»Rutscht nicht aus!«, warnte der geheimnisvolle Retter sie und hangelte sich am steilen Dach entlang.

Julia, die direkt hinter ihm war, sah kurz nach unten und hoffte, dass Jason nicht wieder Höhenangst bekam. Doch ihr Bruder war zu sehr damit beschäftigt, ihnen zu folgen, und schien gar nicht zu merken, wo sie sich gerade befanden.

Der Junge mit den hellen Augen kletterte bis zum Dachfirst hinauf und kroch auf allen vieren zu einem großen Schornstein. Er umrundete ihn und sprang auf ein anderes Dach. Von dort aus gelangte er zu einem viereckigen Türmchen, auf dem zwei Olivenbäume wuchsen. Hier wartete er auf Julia und Jason. Dann rollte er eines seiner Seile aus und warf den Haken so, dass er an einem Mauervorsprung des Türmchens hängen blieb. Er reichte Julia das Seilende und schleuderte dann einen zweiten Haken empor. Flink wie ein Wiesel kletterte er an dem Seil nach oben.

»Du zuerst«, sagte Jason zu seiner Schwester.

Julia ergriff das Seil mit beiden Händen, stemmte die Füße gegen die Wand des Türmchens und zog sich daran hoch. Bald war sie auf der Dachterrasse angelangt und beugte sich vor, um zu sehen, was Jason machte.

Nur wenige Sekunden später stand ihr Bruder neben ihr. Unter den Ästen der Olivenbäume fühlten sie sich sicher.

Ihr Retter holte seine Seile wieder ein und rollte sie geschwind um seinen Körper.

»Vielen Dank«, sagte Jason.

Der magere Junge antwortete nicht. Er hockte sich in eine Ecke und betrachtete aufmerksam die spitzen Dächer, die Türme, die Bögen und die dunklen Gebäude der Anlage. Erst nach einer Weile wandte er sich den Zwillingen zu. »Wer seid ihr?«, fragte er.

»Wer bist du?«, fragte Julia zurück. »Und warum hast du uns geholfen zu entkommen?«

»Ich mag die Männer des Priesters nicht«, antwortete er. »Seid ihr Diebe?«

»Nein!« Julia schüttelte den Kopf.

Überrascht zog der Junge eine Augenbraue hoch. »Was seid ihr denn dann?«

»Wir sind einfache Reisende«, erklärte Julia.

»Ich heiße Jason.«

»Ich heiße Dagobert«, sagte der Junge und schaute Julia fragend an.

»Ich bin Julia.«

»Was machst du hier, Dagobert?«, wollte Jason wissen.

»Ich bin euch gefolgt.«

»Warum?«

»Ihr habt mich neugierig gemacht.« Er schnaubte empört. »Und vorhin beinahe umgebracht.«

»Wann?«

»Als ihr die Hellebarde fallen gelassen habt.«

»Dann musst du ja *außen* an der Mauer gewesen sein!«

»Klar«, antwortete Dagobert und ließ seine Metallhaken klirren.

Julia ging zu den Olivenbäumen hinüber und fuhr mit der Hand über einen der Stämme. »Wo sind wir hier eigentlich?«, fragte sie.

»Auf dem Turm des Friedens«, antwortete Dagobert.

»Du kennst dich gut in der Festung aus«, bemerkte Jason.

»Nicht besser als meine Kollegen. Jeder von uns überwacht einen Abschnitt und hat seine geheimen Verstecke.« Dagobert schnüffelte hörbar. »Das verstehe ich nicht. Ihr stinkt gar nicht.«

»Warum sollten wir das?«

»Ihr gehört nicht zu meinen Leuten. Deshalb müsstet ihr eigentlich Abflussdiebe sein«, erklärte der Junge.

»Abflussdiebe? Und wer sind dann deine Leute?«

»Die Dachsteiger«, antwortete der Junge.

Julia war kurz davor, die Geduld zu verlieren. Dieses Frage-und-Antwort-Spiel kostete zu viel Zeit.

»Soll das heißen, dass du ein Dieb bist?«, fragte Jason weiter.

»Das heißt, dass der Abt der Firste mir vor fünf Jahren beigebracht hat, mit den Haken und Seilen zu klettern. Ich habe ihn seither noch nie enttäuscht.«

Die Zwillinge wechselten besorgte Blicke. »Der Abt der Firste?«

»Der Herr der Dachsteiger. Aber jetzt erzählt mir von euch«, forderte der Junge sie auf.

»Wie schon gesagt, wir sind Reisende«, antwortete Julia ausweichend. »Wir sind hier, um eine bestimmte Person zu suchen.«

»Und wie habt ihr es geschafft, in die Festung hinaufzukommen? Habt ihr einen Passierschein?«

»Nicht wirklich«, erwiderte Julia.

»Ich glaube euch nicht. Aber genauso wenig glaube ich, dass ihr Abgesandte der Kirche seid, auch weil du eine Frau bist«, sagte Dagobert und sah Julia direkt in die Augen.

Sie trat verlegen von einem Bein aufs andere.

»Natürlich!«, rief der Junge. »Ihr seid die Kinder von Kaufleuten.«

»Wir sind ...«, schaltete sich Jason ein, doch seine Schwester brachte ihn mit einem strengen Blick zum Schweigen.

»Sagen wir mal ... wir sind inkognito hier«, erwiderte Julia in der Hoffnung, das Thema damit nun endlich zu beenden.

Aufmerksam betrachtete Dagobert Jasons Gesicht, der kurz davor war, ihm alles genauestens zu erzählen. »Ihr habt gesagt, ihr sucht jemanden.«

»Ja, das ist richtig«, sagte Julia vorsichtig.

»Wenn ihr diese Person nachts ausfindig machen wollt, obwohl während der Ausgangssperre niemand sein Haus verlassen darf, bedeutet das, dass es sehr dringend ist.«

»Genau.«

»Und ihr kennt euch in dieser Festung nicht aus.« Dagobert stand auf und ging um die Dachterrasse herum. »Deswegen braucht ihr jemanden, der sich hier zurechtfindet. Und dieser Jemand könnte ich sein.« Er machte eine kurze Pause. »Wenn ich euch helfen soll, müsst ihr mich aber zuerst überzeugen, dass ich auch etwas davon habe.«

»Es wird dir sicher eine Menge Spaß machen«, versuchte es Jason.

»Ich bin nicht zum Spaß hier«, sagte Dagobert. »Ich arbeite nachts. Und wer arbeitet, kann dafür Lohn erwarten.«

»Was willst du denn dafür?«, fragte Julia.

»Habt ihr Geld?«

»Man sagt einem Dieb nicht, ob man die Taschen voller Geld hat«, erwiderte Julia schlagfertig.

»Das stimmt. Aber ich glaube, ihr habt nicht einmal eine einzige Münze dabei.«

Julia hielt dem Blick des Jungen stand, doch Jasons Gesichtsausdruck verriet sie. »Also?«

Dagobert hockte sich in den Schatten, bevor er antwortete. »Ihr habt kein Geld ... Ihr habt keinen Schmuck ...« Er legte einen Finger auf die Lippen und tat, als denke er angestrengt nach. »Ihr könnt mir das schwarze Buch geben, in dem ihr geblättert habt.«

Instinktiv legte Julia die Hand auf die Hosentasche, in die sie Ulysses Moores Notizbuch gesteckt hatte. »Nein, das geht nicht.«

Der Junge hängte einen Haken zwischen die Zinnen und warf das Seil aus. »Schade. In diesem Fall, fürchte ich, muss ich mich verabschieden.«

»Warte!«, rief Jason. »Das Notizbuch gehört uns nicht. Es gehört einem Freund, der sehr böse wäre, wenn wir es verlieren würden. Aber wir könnten dich vielleicht darin lesen lassen.«

Dagobert, der nur noch mit einem Bein auf der Terrasse stand, dachte darüber nach. »Einverstanden. Sagt mir, wen ihr sucht.«

Jason drehte sich zu seiner Schwester um und bedeutete ihr zu sprechen.

»Black Vulcano«, flüsterte Julia widerwillig.

»Black Vulcano«, wiederholte der kleine Dieb. »Black Vulcano ...«

»Sagt dir der Name was?«

»Erzählt mir mehr über diesen Mann. Vielleicht kenne ich ihn unter einem anderen Namen.«

»Wir wissen nicht sehr viel«, gab Jason zu. »Er müsste ziemlich kräftig gebaut sein und einen langen Bart haben. Er lebt sicher schon seit einigen Jahren hier.«

»Hier gibt es Tausende von Leuten, auf die diese Beschreibung passt.«

»Er liebt das Feuer. Und Maschinen. Mechanische Dinge, die sich von allein bewegen.«

»Bearbeitet er das Eisen wie ein Schmied?«

»Ja, so in der Art, aber mit riesigen Maschinen.«

»Er hat eine Schwäche für Frauen«, fügte Julia verlegen hinzu.

Der Junge mit den hellen Augen zählte an den Fingern die Informationen ab, die sie ihm gegeben hatten. »Kräftig, mit Bart, liebt das Feuer, das Eisen und die Frauen. Das sind nicht genügend Hinweise, um jemanden zu finden.«

»Die Schlüssel«, fügte Julia hinzu, als ob es sie Mühe koste, die Worte auszusprechen. »Er könnte mit Schlüsseln zu tun haben.«

»Aber klar!« Dagoberts Gesicht leuchtete auf. »Jetzt weiß ich, um wen es geht! Kommt mit, ich führe euch zu ihm.«

Schwarzes Schloss

Es heißt, dass vor vielen, vielen Jahren die Äbte der Abflussdiebe und der Dachsteiger Freunde waren und in gutem Einvernehmen zusammenarbeiteten«, erzählte Dagobert ihnen, während er sie durch die Stadt führte. »Deshalb stehen ihre Häuser noch heute nebeneinander. Aber Freunde sind sie sicher nicht mehr ...«

»Haben sie sich gestritten?«, fragte Jason, der Mühe hatte, Schritt zu halten.

»Schon vor langer Zeit«, antwortete der Dieb. »Wegen des Priesters, glaube ich.«

»Meinst du den Priester Johannes?«

»Wen denn sonst! Er kontrolliert unsere Stadt.«

Jason und Julia dachten an das, was sie aus Ulysses Moores Notizbuch über den Priester Johannes erfahren hatten. Sie wussten nur, dass er ein sagenumwobener Herrscher war und über ein märchenhaftes Reich mit unglaublichen Schätzen verfügte, zu denen ein Brunnen zählte, dessen Wasser ewige Jugend verleihen konnte.

»Wie ist er denn so?«, fragte Julia.

»Das weiß keiner, denn es hat ihn noch nie jemand gesehen.«

Die drei bückten sich, um unter einem niedrigen Bogen durchzugehen, der eine Wand aus schwarzem Stein stützte. Dann stiegen sie eine steile Treppe hinunter, die in die darunterliegende Gasse führte.

»Manche sagen, dass er ein uralter Greis ist. Andere behaupten, er sei ein starker Ritter. Wieder andere meinen, er sei inzwischen tot und der Rat der Festung tue nur so, als sei er noch am Leben, damit die Festung nicht in unsere Hände fällt. Oder in die der Abflussdiebe.«

»Und was glaubst du?«, wollte Julia wissen.

»Ich denke, dass der Priester Johannes lebt und sich über uns lustig macht.«

»Sicher ist er sehr mächtig ...«

»Ja. Und alle befolgen seine Gesetze, so verrückt sie auch sein mögen.«

Wie vom Blitz getroffen, blieb Dagobert mit einem Mal stehen und gab den Zwillingen ein Zeichen, still zu sein. Dann schlich er an der Wand entlang, spähte um die nächste Ecke und flüsterte: »Wachen!«

Ohne auch nur eine Sekunde zu zögern, machte er kehrt. Julia und Jason folgten ihm dicht auf den Fersen. Sie bogen in eine breitere Straße ein, überquerten sie und versteckten sich unter einer Elefantenstatue.

Kurz darauf marschierte die Patrouille auch schon an ihnen vorbei.

Julia presste die ganze Zeit über die Hand auf die Tasche, in der das Notizbuch steckte.

Als die Wachen weg waren, schlug Dagobert wieder die ursprüngliche Richtung ein, um in den unteren Teil der Festungsanlage zu gelangen.

»Ist es noch weit?«, fragte Jason.

»Nein. Allerdings hoffe ich«, sagte der Junge und sah zum Sternenhimmel hinauf, »dass Schwarzes Schloss noch nicht schläft.«

»Warum hat er so einen komischen Namen?«

»Wegen der Schlüssel und Schlösser. Er muss Tausende davon besitzen!«

»Dann ist er vermutlich wirklich derjenige, den wir suchen«, meinte Jason und drehte sich zu Julia um.

Mit großen Schritten eilte Dagobert weiter, bis sie eine hohe Tür aus lackiertem Holz erreichten. Er las das an ihr angebrachte Namensschild und schob sie auf. Sie betraten einen in den Fels gehauenen Gang, der wie eine Wendeltreppe nach unten führte.

»Gibt es in dieser Festung denn keine verschlossenen Türen?«, wunderte sich Julia.

»Nein«, antwortete der kleine Dieb. »Priester Johannes hat Schlüssel und Schlösser verboten.«

Tatsächlich waren alle Türen, auf die die Zwillinge bisher gestoßen waren, nicht abgesperrt gewesen.

»Jetzt begreife ich, warum es hier so viele Diebe gibt.«

»Es ist ein gefährlicher Beruf«, sagte Dagobert.

Julia lief neben dem fremden Jungen her. Jason folgte ihnen.

»Er verstößt ja auch gegen das Gesetz«, meinte er.

»Aber die Diebe haben auch ihre Gesetze.«

»Zum Beispiel?«

»Unser Gesetz ist das äußere Gesetz. Das Gesetz der Abflussdiebe ist das innere Gesetz.«

»Häh?«, machte Julia.

Der Junge zeichnete ein großes Quadrat in die Luft. »Das hier ist die Festungsanlage«, sagte er. »Wenn du ein

Dachsteiger wie ich bist, bewegst du dich, indem du an den Felsen, Mauern und auf den Dächern herumkletterst. Gehörst du dagegen zu den Abflussdieben ...«, er verzog angeekelt das Gesicht, »dann kriechst du durch die unterirdischen Gänge und springst wie eine Kröte aus den Brunnen.«

Nach einer weiteren Abzweigung standen die drei vor einem vergitterten Tor, das den Gang versperrte. Eine darüber angebrachte Fackel warf ihr flackerndes Licht auf den dahinterliegenden Abschnitt.

»Da wären wir«, sagte Dagobert.

»Ich wette, diese Pforte ist auch offen«, murmelte Jason. Gerade als er versuchen wollte, sie aufzuschieben, drängte Dagobert ihn zur Seite und zog an einer in einer Nische versteckten Schnur. In der Ferne erklang schwach das Klingeln einer Glocke.

»Es ist besser, wir kündigen uns an«, erklärte er.

Als Antwort ertönte neben dem Eingang ein kleines Glöckchen. Erst jetzt trat der Junge über die Schwelle.

Bevor Jason Dagobert folgen konnte, hielt Julia ihn am Arm zurück. »Glaubst du, wir können ihm vertrauen?«, flüsterte sie. Die Gitterstäbe waren dick und massiv und der Gang auf der anderen Seite wirkte nicht besonders einladend.

Wie immer ging der Dachsteigerjunge weiter, ohne auf sie zu warten.

»Haben wir denn eine Alternative?«, erwiderte Jason leise.

Nach einer scharfen Rechtskurve verbreiterte sich der schmale Gang im Fels allmählich und wurde schließlich zu einem hohen Saal, der an der Stirnseite offen war und den Blick auf den Sternenhimmel freigab. Am Horizont konnte man die Umrisse spitzer Berggipfel erkennen. An der rechten Seite des Raums hockten Schneeeulen auf einer langen Stange, die an zwei Ketten von der Decke hing. Daneben thronte ein riesiger Leuchter in Form eines Wagenrads, auf dem knapp zwei Dutzend dicke Kerzen brannten. Die an ihnen herunterlaufenden Tropfen hatten lange Stalaktiten aus Wachs gebildet.

Genau darunter saß Schwarzes Schloss auf einem mächtigen Sessel, der mit verschiedensten Stoffen bezogen war. Auf einem Holztisch vor ihm lagen Unmengen von Schlüsseln. Andere hingen in unterschiedlicher Höhe an schwarzen Nägeln, die in die Felswand geschlagen worden waren.

Der Raum sah aus wie eine Kreuzung aus Schmiede und Zirkuszelt und wirkte alles andere als einladend.

»Wer wagt es, Schwarzes Schloss zu stören?«, rief der Mann mit dröhnender Stimme.

Der junge Dieb hob die Hand. »Wir grüßen dich, Balthasar. Ich bin Dagobert von den Dachsteigern.«

Der Mann legte ungehalten den Schlüssel zur Seite, an dem er gerade gearbeitet hatte. Das laute Klirren schreckte eine Eule auf, die laut rufend davonflog.

»Ein Junge von den Dächern!« Balthasar erhob sich. »Komm her und lass dich anschauen!«

Julia und Jason sahen einander enttäuscht an. Sie hielten es kaum für möglich, dass dieser Riese Black Vulcano sein könnte.

Balthasar war ungewöhnlich groß. Sein langes aschfarbenes Haar trug er in zwei zerzausten Zöpfen, in den Bart hatte er sich mehrere vergoldete Anhänger geflochten. Seine Nase war so krumm und scharf geschnitten wie ein Säbel.

Der Mann betrachtete Dagobert, als überlege er, ihn zu leckeren Häppchen für seine Eulen zu verarbeiten. »Und ihr zwei?«, fragte er schließlich.

»Das sind Freunde von mir«, erklärte der Junge.

»Kommt ruhig näher«, forderte Schwarzes Schloss sie auf.

Während Julia und Jason auf ihn zugingen, versuchte Jason noch immer, das Aussehen dieses Mannes mit dem in Einklang zu bringen, was er in Kilmore Cove über Black Vulcano erfahren hatte. Doch es gelang ihm nicht, ebenso wenig wie Julia, die inzwischen befürchtete, in eine Falle gelockt worden zu sein.

Vor dem Tisch blieben sie stehen. Die gesamte Fläche war von Schlüsseln, Bergen von Wachs, Eulenkot und Werkzeugen bedeckt.

Der Riese mit dem wilden Bart lächelte. »Warum in aller Welt bist du, Junge von den Dächern, mit deinen Freunden zu mir gekommen?«

Dagobert straffte die Schultern. »Weil sie jemanden suchen und ich dachte, dieser Jemand wärst du.«

»Wer? Ich?« Balthasar lachte so laut auf, dass die Zwillinge zusammenzuckten. »Wie kommst du denn auf diese Idee?«

»Ich glaube, dass es sich hier um ein Missverständnis handelt«, erklärte Julia unsicher. »Wir bedauern, Sie gestört zu haben. Wir werden jetzt lieber gehen.«

»Einen Augenblick! Wozu denn die Eile?«, protestierte Balthasar lautstark.

Seine Stimme schreckte zwei weitere Eulen auf, die flügelschlagend auf der Stange herumhüpften und die Besucher anstarrten.

»Wen sucht ihr denn?«

»Einen kräftigen Mann mit Bart, der das Feuer, Schlüssel und schöne Frauen liebt«, antwortete Dagobert und erntete dafür einen vernichtenden Blick von Julia.

Balthasar brach abermals in schallendes Gelächter aus. »Bei allen Riegeln! Aber es ist doch sonnenklar, dass ich das gar nicht sein kann!«, meinte der Riese belustigt und fuhr sich mit den Fingern durch den Bart.

»Sie sind nicht Black Vulcano«, sagte Jason unverblümt.

Der Mann kniff die Augen zusammen. »Nein. Ich heiße Balthasar. Die Leute nennen mich aber Schwarzes Schloss, wegen meiner Arbeit. Ich entferne die Schlüssel und Schlösser von den Türen dieser unermesslich großen Festung ...« Mit einer Handbewegung wies er auf den Tisch und auf die Wände. »Und ich verkaufe sie jedem, der sie haben will. Auch wenn das heutzutage verboten ist.«

»Gut. Aber jetzt wollen wir Sie nicht länger stören«, sagte Julia.

»Nicht so hastig, mein liebes Mädchen!«, dröhnte Balthasar. Er lehnte sich mit Wucht in seinem Sessel zurück, bis dieser nur noch auf den hinteren Beinen stand, und steckte die Hände in den Bart. »Lasst mich nachdenken ... Hast du schon versucht, deinen Abt zu fragen, Dagobert?«

»Er darf nachts nicht gestört werden«, erwiderte der Junge.

»Und es ist wirklich eine dringende Angelegenheit?«, fragte Schwarzes Schloss.

»Äußerst dringend«, rutschte es Jason heraus.

Julia räusperte sich nervös. »Mein Bruder ist immer schnell beunruhigt. Sagen wir lieber ... wir würden ihn gerne treffen, aber ...«

Schwarzes Schloss zog seine mächtigen Pranken aus dem Bart und deutete mit dem Zeigefinger zuerst auf den einen Zwilling und dann auf den anderen. »Also, ist es jetzt dringend, oder nicht?«

»Macht das einen Unterschied?«, wagte Julia zu fragen und stützte sich auf dem Tisch ab.

Balthasar ließ seinen Sessel krachend auf alle vier Beine zurückfallen. »Selbstverständlich macht es einen Unterschied, Mädchen. Denn wenn es nicht dringend ist, könnt ihr ihn auch an den kommenden Tagen suchen, vielleicht sogar bei Tageslicht. Wenn es aber sehr eilig und auch wichtig ist, ihn genau jetzt zu finden ... dann könnte ich mein Geld einsetzen, um jemanden zu bestechen, der euch hilft. Oder ich könnte ihn von einer meiner vielen nachtaktiven Freundinnen suchen lassen ...«

Als hätten die Eulen ihn verstanden, fingen sie an, erwartungsvoll auf der Stange auf und ab zu hüpfen.

Jason grinste. »Sie erinnern mich an die Eulen aus dem Haus der Spiegel.«

»Was hast du da gesagt?«, fragte Balthasar.

»Nichts«, versuchte Julia, ihn abzulenken. »Jedenfalls glauben wir nicht, dass ...«

»Im Haus eines Freundes von uns habe ich Eulen gesehen, die Ihren hier ähneln«, erklärte Jason, der sich darüber ärgerte, dass seine Schwester ihn ständig unterbrach. »Eigentlich ist es gar kein Freund von uns, sondern ein Freund des Mannes, den wir hier suchen. Er heißt Peter Dedalus.«

Balthasar runzelte die Stirn. »Ein kleiner Mann, nur ungefähr so groß ... Mit zwei Metallringen vor den Augen ... Ringe, die etwa so aussehen?« Er wühlte auf dem Tisch herum, bis er eine Brille mit runden Gläsern zum Vorschein brachte.

»Peters Brille!«, stieß Jason aufgeregt hervor.

Daraufhin rief auch Balthasar etwas, und zwar so laut, dass sie alle vor Schreck zurückwichen. »Das gibt es ja nicht! Ihr kennt Bruder Peter? Das ist ja verrückt! Schaut mal, was wir zusammen entwickelt haben.« Er griff unter den Tisch, nahm das dünne Ende einer stark eingefetteten Kette in die Hand und fädelte einen der Schlüssel darauf.

Dann gab er der Kette einen Ruck und der Schlüssel sauste über den Tisch hinweg quer durch den Saal. Überrascht blickten die Zwillinge ihm hinterher.

Balthasar kicherte. »Es dauert eine Weile, bis er die richtige Geschwindigkeit erreicht hat. Und dann ...« Er deutete zur Decke, wo sich ähnlich wie bei einem Spinnennetz mehrere Ketten miteinander verbanden. Der Schlüssel bewegte sich von Kette zu Kette, bis er schließlich an einem der Nägel in der Wand hängen blieb.

»Das Automatische Schlüsselordnungssystem, entworfen von Bruder Peter!«, verkündete Balthasar. »Gebaut von Schwarzes Schloss.«

Jason und Julia sahen einander triumphierend an. Die verrückte Maschine konnte wirklich von niemand anderem als von Peter Dedalus erfunden worden sein. So viel war sicher.

Erfreut über die Wendung, die das Gespräch genommen hatte, rieb sich Dagobert zufrieden die Hände.

Balthasars Miene dagegen verdüsterte sich plötzlich. »Einen Augenblick mal. Ihr seid nicht zufällig hergekommen, um ...«, er zögerte, »... um die letzte Rate einzutreiben?«

»Eine Rate? Oh nein. Nein, wir wollen kein Geld von Ihnen«, sagte Jason schnell.

Sofort entspannten sich Balthasars Gesichtszüge wieder. »Gut, gut. Also, wie geht es denn dem alten Peter? Und ... wartet mal ... wie hieß noch mal sein Freund, der mit der komischen Mütze mit dem weißen Anker?«

»Trug er eine schwarze Augenklappe?«, fragte Jason, der an Leonard Minaxo dachte.

Balthasar schüttelte den Kopf. »Nein, daran kann ich mich nicht erinnern. Aber es ist viel Zeit vergangen, seit ich sie getroffen habe. So viel Zeit, dass ihr drei ihre Kinder sein könntet. Ach, jetzt fällt mir der Name des Freundes wieder ein. Ulysses. Ja, genau so nannte er ihn. Ulysses. Habt ihr ihn zufällig auch kennengelernt?«

Mr Marriets Archiv

An dem Bilderrahmen war ein vergoldetes Schildchen angebracht. Darunter war ein Name eingraviert: Ursus Marriet.

Das Foto zeigte einen Mann mit sorgfältig gekämmtem Haar, einem angedeuteten Lächeln, einem Sakko, einer schlichten Krawatte und einer dunklen Hose, die damals perfekt zu dem Anlass gepasst hatte: seiner Ernennung zum Direktor der Schule von Kilmore Cove.

Der Mann las noch einmal seinen Namen auf dem Schildchen und seufzte, so als sei er eine Last, die zu tragen ihm schwerfiel.

»Ich wollte nicht, dass mein Sohn ein x-beliebiger John Smith wird«, hatte sein Vater immer gesagt. Und ein wichtiger Mann musste natürlich einen Namen haben, der sich von den anderen unterschied.

Der inzwischen sechzigjährige Ursus Marriet ließ sich in seinen Ledersessel sinken, fuhr mit der Spitze eines Bleistifts an seinen Fingern entlang und ließ den Blick über die anderen verblassten Fotos auf dem Schreibtisch und an den Wänden schweifen. Das hier war also das Büro eines bedeutsamen Mannes. Und das dort auf der Urkunde mit den verschnörkelten Buchstaben war sein Name.

Seit wie vielen Jahren hing die Urkunde nun dort? Zehn? Zwölf? Zwanzig?

Er wusste es nicht einmal genau.

Seine Lippen verzogen sich zu einem leicht angewiderten Lächeln. Er warf den Bleistift auf den Schreibtisch und streckte sich, dass die Gelenke knackten. Dann erstickte er mit dem Handrücken ein Gähnen. Er war müde, aber zufrieden. Er war den ganzen Tag in der Schule geblieben, um ein für alle Mal die Akten der Lehrer und die Lehrpläne zu ordnen. Inmitten von vergilbtem Papier und zerknüllten Zetteln war der Nachmittag verflogen. Und jetzt, da es allmählich dunkel wurde, war es Zeit, das Büro zu verlassen und im *Salt Walker* einzukehren, um dort irgendetwas Warmes zu essen.

Und dann?

Er könnte Doktor Bowen anrufen und sich mit ihm zu einer Partie Darts verabreden. Oder nach Hause gehen, um sich zu entspannen. Falls es überhaupt möglich war, sich in einem Haus zu entspannen, das so groß und gemütlich wie eine Kaserne war und das er ganz allein bewohnte. Schon der Gedanke an all die Zimmer mit den heruntergelassenen Rollläden, in denen das Echo seiner Schritte widerhallte, und an das Kreischen und Stöhnen, das die Wasserrohre von sich gaben, wenn er versuchte, eine heiße Dusche zu nehmen, verdarb ihm augenblicklich die Laune.

Sein Haus war der Grund dafür, dass sich Ursus Marriet immer wesentlich länger im Büro aufhielt, als es eigentlich nötig gewesen wäre.

Er schob den Sessel zurück und sein Blick fiel auf die unterste Schublade seines Schreibtischs. Er öffnete sie und holte die Schachtel mit dem Skarabäus auf dem Deckel hervor, in der er die beschlagnahmten Besitztümer der

Zwillinge Covenant verwahrte. Mit einer eigenartigen Mischung aus Besorgnis und Neugier sah er sie durch. Ein angesengtes Foto behielt er länger in der Hand. Er fragte sich, was wohl einen Elfjährigen dazu brachte, solch ein Foto in der Tasche mit sich herumzutragen.

Es zeigte den Uhrmacher Peter Dedalus und diesen Koloss Leonard Minaxo vor dem Leuchtturm und musste vor dem Unfall aufgenommen worden sein. Viel mehr war auf dem Bild nicht zu erkennen.

»Peter und Leonard«, murmelte der Direktor vor sich hin. »Sie waren Schulfreunde, wenn mich nicht alles täuscht.«

Er hielt das Foto unter die Lampe, weil ihm ein Detail aufgefallen war. Er studierte es aufmerksam, legte das Foto dann auf den Schreibtisch und holte eine große Lupe aus einer Schublade. Langsam betrachtete er Leonard Minaxo. Sein Blick glitt vom lächelnden Gesicht des Leuchtturmwärters zu dessen Hals und den Schultern hinunter. Ursus Marriet stutzte.

Auf Leonards rechter Schulter ruhte eine Hand. Sie gehörte zu einer Person, die schräg hinter Peter Dedalus und dem Leuchtturmwärter stand.

Der Direktor nahm eine kleine Schere und eine Pinzette und glättete damit die gekräuselten Ränder des angesengten Fotos.

Langsam kam unter dem Ruß das Profil eines Mannes zum Vorschein, der kleiner als Leonard Minaxo, aber größer als Peter Dedalus war.

»Aha«, machte Ursus Marriet in Anbetracht dieser an sich nutzlosen Entdeckung. »Das also ist der dritte Herr im Bunde!«

Ihm war, als klingelte in seinem Kopf ein unsichtbares Glöckchen. Er erinnerte sich an ein anderes Foto, das er irgendwann im Laufe der letzten Jahre einmal gesehen hatte.

»Ist das möglich?«, fragte sich Mr Marriet. Er legte die Lupe auf das Foto und erhob sich aus seinem Sessel.

Er ging in den hinteren Teil des Büros und tastete nach einem Lichtschalter. Die schwache Glühbirne über dem Aktenschrank, dessen Inhalt der Direktor so gut wie seine Westentasche kannte, flackerte auf. Unentschlossen fuhr Mr Marriet mit dem Finger über die Etiketten mit den Jahreszahlen ... Welche Schublade sollte er öffnen? Schließlich entschied er sich für die Jahre 1963 bis 1968, zog die Lade halb heraus, schob sie dann wieder zurück und wählte eine mit älteren Unterlagen: 1957 bis 1962.

Er griff nach den fünf Hängeregistern, deren hellblauer Karton schon ganz abgestoßen war, und trug sie zum Schreibtisch. Die Unterlagen von 1957 schienen ihm am interessantesten. Darauf standen die Namen der Schüler. Obwohl sie unterschiedlich alt gewesen waren, waren sie alle in ein und dieselbe Klasse gegangen. Die Liste war von ihrer Lehrerin angelegt und unterzeichnet worden: Miss Stella.

»Nicht totzukriegen, die alte Dame«, murmelte der Schuldirektor und rechnete nach, dass die rüstige Lehrerin schon seit weit über fünfzig Jahren im Schuldienst sein musste.

Laut las er sich die Namen aller zwölf Schüler vor: Klytämnestra Biggles (durchgefallen), 12 Jahre. Phoenix Smith, Fiona Giggs, Marc McIntire, Mary Clue, Mary-Elizabeth Forrest, Peter Sunday, 11 Jahre. Victor Vulcano, John Bowen, 10 Jahre. Leonard Minaxo, Helen Clue, 7 Jahre. Peter Dedalus, 6 Jahre.

Er behielt die Liste in der einen Hand und suchte mit der anderen nach dem Klassenfoto. Es war im Juni 1958 im Turtle Park aufgenommen worden. Miss Stella lächelte fröhlich, aber auch ein bisschen erschöpft in die Kamera. Links von ihr standen ihre zwölf Schüler in der grauen Schuluniform. Und als Letzter in der Reihe ...

»Da ist er ja«, sagte der Direktor und griff wieder zur Lupe.

Der Kleinste der Klasse, der nur Peter Dedalus sein konnte, hielt die Hand des größten Mädchens: der durchgefallenen Klytämnestra Biggles. »Seltsam, dass die Einzige, die nicht versetzt wurde, in eine andere Stadt ging, um Lehrerin zu werden«, sagte Ursus Marriet zu sich selbst.

Rechts von Peter war ein stämmiger, rundlicher Bursche zu sehen: der junge Vulcano. Anstatt in die Kamera schaute er auf die ineinander verflochtenen Finger von Peter und Klytämnestra.

Bei dem nächsten Jungen handelte es sich um Phoenix, der damals noch gar nicht daran dachte, Pater zu werden. Leonard Minaxo hatte einen Arm um ihn gelegt.

»Und hier ist der geheimnisvolle Freund!«, rief der Direktor schließlich erfreut.

Denn auch auf diesem Foto war auf Leonards Schulter eine weitere Hand zu erkennen, während der dazugehörige Arm nicht mehr mit auf dem Bild war. Noch mit drauf war dagegen die Hälfte des Gesichts und so viel vom Körper, dass man erahnen konnte, dass der Junge keine Schuluniform trug.

Ich habe ein ausgezeichnetes Gedächtnis, beglückwünschte sich der Schuldirektor. Er legte die beiden Fotos nebeneinander.

Dann drehte er das Klassenfoto um. Es war von dreizehn Kindern unterschrieben worden: von einem mehr, als Schüler in der Klasse gewesen waren.

»Nestor?«, fragte er sich, als er entdeckt hatte, von wem die überzählige Unterschrift stammte. »Was hat denn Nestor auf diesem Bild zu suchen?«

Der Herr der Fackeln

Jason schaute auf ein rechteckiges Stück Tuffstein, das so groß war wie eine Servierplatte. Mit einem Schlüssel hatte Balthasar den Weg eingeritzt, der sie zu Bruder Falenas Botanischem Garten bringen würde.

Die Zwillinge und ihr Begleiter kamen an einem Säulengang vorbei. Sie kletterten über eine Mauer und gelangten in einen Garten, in dem große Bäume mit knorrigen, gewundenen Stämmen und kleinen Blättern wuchsen: Es waren jahrhundertealte Olivenbäume.

»Im Olivenhain links halten. Vierte Tür«, las Jason und ließ den Tuffstein danach achtlos fallen. »Endlich sind wir da!«

Das dumpfe Geräusch, das der Stein beim Aufkommen auf dem Boden machte, löste bei Dagobert einen Fluchtreflex aus und er verschwand sofort im Efeu.

»Mach das nie wieder, verstanden?«, schimpfte er, nachdem er gemerkt hatte, dass ringsherum alles ruhig war.

Sie erreichten das Gebäude am anderen Ende des Olivenhains. Durch die vierte Tür gelangten sie in einen Innenhof, der wiederum zu einem von Kerzen erleuchteten Raum führte.

»Bruder Falena?«, fragte Dagobert beim Eintreten. »Sind Sie da?«

»Kommt nur, kommt rein«, erwiderte eine schwache Stimme.

Jason trat zusammen mit Dagobert ein, während Julia mit der Fackel, die sie von Schwarzes Schloss bekommen hatten, draußen im Garten blieb.

»Geh du mit ihm. Ich warte hier auf euch«, sagte sie zu ihrem Bruder. Sie war immer noch misstrauisch.

Julia setzte sich auf den Boden, da hörte sie plötzlich ein Geräusch.

»Pssst!«

Julia hob die Fackel und leuchtete die Umgebung ab, konnte aber niemanden entdecken.

»Pssst!«, ertönte die Stimme wieder.

Julia stand auf. »Ist da jemand?«, fragte sie in den dunklen Gang hinein.

»Hier!«, antwortete die Stimme.

»Wo hier?«

»Unten!«

Verwirrt blieb Julia stehen. »Ich kann dich nicht sehen«, flüsterte sie.

»Ich bin unter dem Deckel.«

Nur wenige Schritte von Julia entfernt befand sich der Abfluss für die Regenrinnen. Sie leuchtete mit der Fackel in die Richtung und schrie vor Schreck auf, als plötzlich zwei Augen in der Dunkelheit aufblitzten.

Vorsichtig trat Julia näher. »Wer bist du?«, fragte sie und kniete sich hin.

»Ich heiße Rigobert, ich bin ein Abflussdieb. Ich weiß nicht, was Dagobert euch erzählt hat«, sagte er und steckte mahnend einen Zeigefinger durch das Gitter. »Aber ihr solltet ihm nicht trauen: Er ist ein mieser kleiner Lügner und Betrüger.«

»Und warum sollte ich dir trauen?«, wollte Julia wissen.

»Weil ich die Wahrheit sage!«, erwiderte Rigobert. Dann verstummte er plötzlich und lauschte. »Sie kommen!«, zischte er einen Augenblick später.

Julia drehte sich um: Dagobert und Jason verließen gerade Bruder Falenas Haus. Und sie waren nicht allein. Als Julia wieder zu dem Deckel hinunterschaute, war der Abflussdieb verschwunden.

Julia ging Jason und Dagobert entgegen, in deren Gesellschaft sich eine hochgewachsene junge Frau befand, die sich als Afide vorstellte, Bruder Falenas Assistentin.

»Um diese Zeit schläft mein Herr schon tief und fest«, sagte sie. »Aber ich glaube, dass ich die Person kenne, die ihr sucht.«

»Klasse!«, freute sich Jason und lächelte seine Zwillingsschwester an.

»Wenn ich mich nicht irre, wohnt er nicht weit von hier«, fuhr Afide fort. »Vor einiger Zeit kam er Bruder Falena besuchen. Er hat Zan-Zan abgeworben, die frühere Assistentin meines Chefs. Seither mag Bruder Falena diesen Mann nicht mehr besonders.«

»Black Vulcano ...«, murmelte Jason. »Er kommt ja wirklich gut an bei den Frauen.«

»Bruder Falena hat mich als ihre Nachfolgerin ausgewählt«, erklärte die junge Frau weiter. »Meine Arbeit besteht darin, die Standorte sämtlicher Fackeln der

Festungsanlage auswendig zu lernen und die beiden Gruppen zu beaufsichtigen, die sie warten: die Anzünder und die Auslöscher. Das ist ziemlich kompliziert, weil es bestimmte Feiertage gibt, an denen manche Bezirke dunkel und andere hell zu bleiben haben. Außerdem muss man immer wieder Fackeln ersetzen. Es gibt welche, die von allein ausgehen.« Afide machte eine Pause. »Aber zurück zu eurem Freund. Er stellt inzwischen Feuerwerkskörper für die Feste bei Hofe her und arbeitet im Donnerlabor.«

In diesem Augenblick erklang die Stimme von Bruder Falena und Afide verschwand umgehend wieder im Inneren des Hauses.

Die drei blieben im Garten zurück.

»Weißt du, wo das ist?«, fragten die Zwillinge Dagobert.

»Nicht genau«, sagte er und ärgerte sich ein bisschen über sein Unwissen. »Aber vielleicht steht das in eurem kleinen Buch ...«

Julia übergab Jason die Fackel, zog das Notizbuch aus der Tasche und blätterte darin. »Hundert Pfauen, Keller des Lügners, Saal der Grauen Bälle, Palast der Schreienden Kissen, Brunnen der Ewigen Jugend, Zikadenturm ...«

Je mehr dieser Ortsnamen sie vorlas, desto hungriger wurde Dagoberts Blick. Unwillkürlich streckte er den Arm nach dem Heft aus, aber Jason hinderte ihn daran, es Julia wegzunehmen.

»Immer eins nach dem anderen«, sagte Jason und stellte sich zwischen den Jungen und seine Schwester. »Zuerst müssen wir unseren Freund finden.«

»Ihr habt keine Ahnung, was für einen Schatz ihr in den Händen haltet«, flüsterte Dagobert. »In dem Notizbuch steht, wie man zum Brunnen der Ewigen Jugend kommt!«

»Du siehst nicht so aus, als ob du ihn im Augenblick sehr nötig hättest«, entgegnete Jason und blieb vor seiner Schwester stehen.

»Donnerlabor«, las Julia schließlich auf einer der letzten Seiten.

Das Geständnis

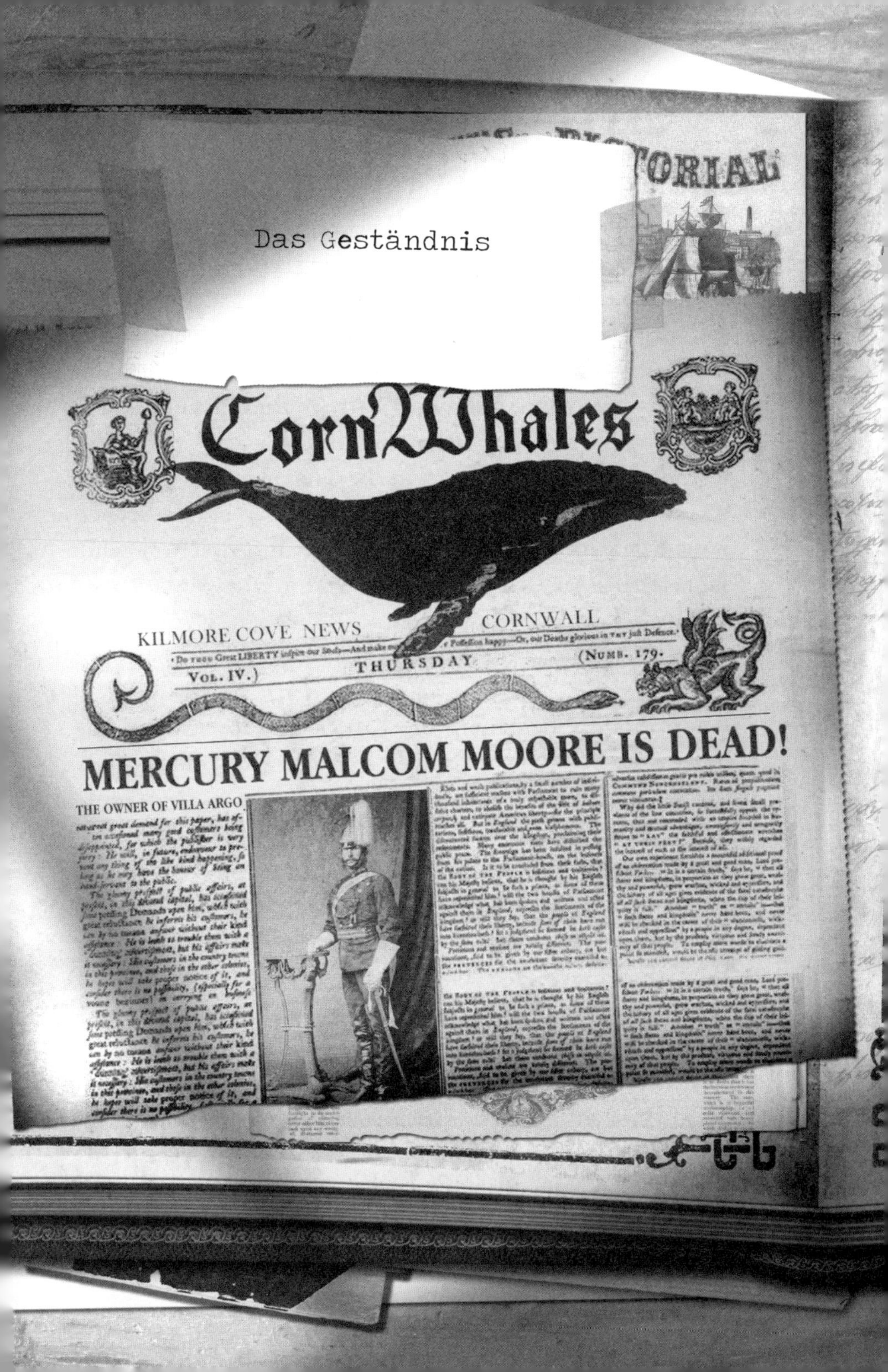

Gwendaline Mainoff erhob sich. »Danke, Pater Phoenix«, sagte sie. »Ich verabschiede mich jetzt. Auf Wiedersehen!« Sie ging ein paar Schritte und blieb dann noch einmal stehen.

Der Pfarrer sah ihr lächelnd nach. »Auf Wiedersehen!« Gedankenversunken setzte er sich in eine Kirchenbank. Gwendalines wirre Erzählung hatte in ihm Erinnerungen und eine nahezu vergessene Sehnsucht wachgerufen. Es war, als wäre die Friseurin in die Tiefen seines Gedächtnisses hinuntergestiegen und hätte dort einen Schatz zutage gefördert. Einen Schatz, den er im Alter von zehn Jahren besessen und kurz darauf verloren geglaubt hatte.

Der Schatz jenes Sommers.

Des Großen Sommers.

Pater Phoenix lief durch die Kirche und löschte überall das Licht. Schützend breitete sich die Dunkelheit über die Kreuze, die Heiligenbilder und die Altare. Der Geistliche bekreuzigte sich und ging durch eine kleine Tür hinter dem Altar in die Sakristei, um dort ebenfalls die Lampen auszuschalten. Anschließend machte er sich auf den Heimweg. Wie jeden Abend nahm er nicht den direkten Weg zum Pfarrhaus, sondern lief zuerst zum Hafen. Er betrachtete die Möwen, die in dem noch warmen Sand saßen, und das Meer, das im Licht der Sterne glitzerte.

Mit tiefen Atemzügen sog er die salzige Luft ein. Es gelang ihm jedoch nicht, sich zu entspannen. Eine nagende Unruhe hatte ihn erfasst. Und er wusste, woher sie kam:

Es hatte mit dem zu tun, was Gwendaline ihm über die Villa Argo erzählt hatte.

Als er später die Schlüssel zum Pfarrhaus aus der Tasche holte, dachte Pater Phoenix immer noch an die Villa von Ulysses Moore. Und an den Tag, an dem er sie zum ersten Mal betreten hatte. Wie viele Jahre mochte das inzwischen her sein?

»Mindestens fünfzig«, sagte er laut zu sich selbst.

Pater Phoenix ging in die Küche. Die Haushälterin hatte einen Topf mit Suppe unter den Kaffeewärmer gestellt. Für die kleine Aufmerksamkeit dankbar, wusch er sich an der Spüle die Hände, setzte sich an den gedeckten Tisch und füllte seinen Teller.

»Fünfzig Jahre«, wiederholte er und begann zu essen.

Und es hatte sich so gut wie nichts verändert. In dem Haus oben auf den Klippen war noch immer keine Ruhe eingekehrt. Oblivia wollte das Geheimnis der Villa lüften. Und Ulysses wollte es beschützen.

Wie dickköpfig beide Seiten doch waren!

Phoenix und seine Freunde hatten den Stein vor vielen Jahren ins Rollen gebracht. Der Pater erinnerte sich daran, wie sie Victor Vulcano in den Schacht im Turtle Park hinuntergelassen hatten. Schwarz vor Ruß war er wieder zum Vorschein gekommen, weshalb er von ihnen den Spitznamen »Black« bekommen hatte.

Pater Phoenix tupfte sich mit der Serviette die Lippen ab. Dann stellte er den benutzten Teller in die Spüle und ging ins Wohnzimmer. Auf dem Kaminsims standen die Silberrahmen mit den eingefangenen Augenblicken aus seiner Vergangenheit. »Jemand sollte den neuen Besitzern die ganze Geschichte erzählen«, murmelte er laut vor sich hin.

Er kniete sich nieder, um die unterste Schublade einer Kommode zu öffnen. Ihr hatte er all seine Erinnerungen anvertraut. Er holte ein Album heraus, in das er Artikel und Fotos eingeklebt hatte, die sich auf Kilmore Cove bezogen. Sie stammten aus einer Lokalzeitung, der *CornWhales,* die bis in die 1970er Jahre hinein in kleiner Auflage erschienen und in den Dörfern an der Südküste Cornwalls verkauft worden war. Dann war die Zeitung eingestellt worden. Pater Phoenix, der in ihr einige Beiträge veröffentlicht hatte, war damals bestrebt gewesen weiterzuschreiben, um die wichtigsten Ereignisse in der Geschichte des Ortes festzuhalten – auch durch Fotos.

In der letzten Ausgabe der *CornWhales* war ein Artikel über den Tod von Mercury Malcolm Moore erschienen, einem verdienten Offizier des Britischen Empire und damaligem Besitzer der Villa Argo. »Einer vom alten Schlag«, hatte der Autor des Nachrufs über Mercury Malcolm Moore geschrieben.

Wohl eher ein unsympathischer alter Nörgler, dachte Pater Phoenix.

Der Pfarrer blätterte rasch weiter. Vier Jahre später, 1977, hatten Ulysses und Penelope geheiratet. Das war die erste Eheschließung gewesen, die er vorgenommen hatte. Von diesem Tag war nur ein vergilbtes Foto übrig geblieben. Es war in der Höhle der *Metis* aufgenommen worden, deren Wände man für den festlichen Anlass mit weißer Seide ausgekleidet hatte.

Der Anblick dieses Fotos machte ihn traurig.

»Wie konnte das nur geschehen, liebe Penelope?«, flüsterte er.

Von einer plötzlichen Wut gepackt, übersprang er die den folgenden Jahren gewidmeten Seiten und hatte auf einmal ein Foto von Patricia Banner vor sich, der Mutter von Rick.

Das Bild war bei der Beerdigung ihres Mannes entstanden. Die traurige Feier war Pater Phoenix in unauslöschlicher Erinnerung geblieben. Die klagenden Rufe der Möwen über dem Meer hatten die Prozession zum Friedhof begleitet. Die Bewohner von Kilmore Cove hatten an dem großen Verlust, den die Familie Banner erlitten hatte, Anteil genommen und nach Anbruch der Dunkelheit auf den Shamrock Hills Feuer entzündet, die bis zum nächsten Morgen gebrannt hatten.

Als er umblättern wollte, fiel ihm plötzlich etwas auf. »Heiliges Kanonenrohr!«, murmelte er. »Das ist ja unglaublich!« Seine Hände fingen an zu zittern.

Patricia Banner hatte bei der Beerdigung ihres Mannes an einer Kette um den Hals den Schlüssel mit den drei Schildkröten getragen.

Das Donnerlabor

Das Donnerlabor war in einem quadratischen Turm am südlichen Rand der Festungsanlage in einigem Abstand zu den benachbarten Gebäuden untergebracht. Große Löcher und Erdhaufen säumten den Weg dorthin.

»Hier scheint sich ein Riesenmaulwurf ausgetobt zu haben«, sagte Jason.

Julia verdrehte die Augen. »Vielleicht hat auch einfach irgendjemand ein paar Feuerwerkskörper losgelassen.« Die Luft roch schwach nach Schießpulver.

»Ja, das könnte sein.« Jason nickte.

Dagobert setzte vorsichtig einen Fuß vor den anderen. »Passt auf, wo ihr hintretet!«

Über vier Masten war eine Schnur zum Eingang des Turms gespannt.

»Ich läute mal«, sagte Jason.

Ein fernes Klingeln ertönte. Die drei warteten, und als keine Antwort kam, zog Jason noch einmal an dem Strick.

»Eventuell schlafen sie«, meinte er. Jason kratzte sich am Kopf. »Weißt du, was mir gerade einfällt?«, sagte er zu seiner Schwester. »Erinnerst du dich an den Mönch mit den Turnschuhen ... den wir zusammen mit der Asiatin auf der Treppe in der Nähe des Kreuzgangs gesehen haben?«

Julia nickte.

Jason zeigte auf den Turm. »Könnte es sein, dass ...«

»Meinst du ...«

»Ja, es ist möglich. Sie waren schon irgendwie komisch, und außerdem ...« Jason drehte sich zu Dagobert um. »Wir haben gehört, wie sie über ein Labor sprachen.«

»Langsam, langsam. Ich habe keine Ahnung, wovon ihr redet«, entgegnete Dagobert.

»Es könnte sein, dass wir heute Abend Black Vulcano und Zan-Zan getroffen haben«, fasste Jason zusammen.

Julia stöhnte. »Verflixt! Sie sind weg!«

»Aber warum habt ihr sie denn nicht wiedererkannt?«, fragte Dagobert.

»Es war ziemlich dunkel«, antwortete Julia ausweichend. Sie wollte nicht zugeben, dass sie Black Vulcano nicht persönlich kannte.

»Sie hatten es furchtbar eilig«, erinnerte sich Jason. »So als müssten sie ganz plötzlich verreisen. Und sie haben sich über Fallen unterhalten.«

»Reiher, Pfeifer und Kaninchen«, zählte Julia auf. Entmutigt ließ sie sich auf den Boden fallen. »Wir haben sie ganz knapp verpasst.«

Eine Weile herrschte Schweigen. Dann sagte Dagobert: »Aber ich habe euch zu ihm geführt, genau wie ich es versprochen habe.«

Julia nickte.

»Und wir hatten eine Abmachung«, fuhr der junge Dieb fort.

Jason fasste sich an den Kopf und sah düster zu dem Feld voller Löcher hinüber. »Wir könnten ja auf sie warten«, schlug er vor.

»Wir haben nicht viel Zeit«, erinnerte seine Schwester ihn.

»Dann sollten wir versuchen, in den Turm zu kommen. Vielleicht schlafen sie ja auch nur sehr fest. Wir könnten Black Vulcano alles erklären. Und wenn sie nicht da sind, hinterlassen wir ihnen eine Nachricht.«

Julia sah Dagobert an, der den Kopf schüttelte. »Ihr seid total verrückt!«

Jason streckte seiner Schwester eine Hand entgegen und zog sie vom Boden hoch.

»Aber seid vorsichtig«, ermahnte Dagobert sie.

Jason hielt in der Bewegung inne und ging wieder einen Schritt zurück. »Ach so, ja.«

Besorgt ließ er den Blick über die Krater schweifen, die von früheren Explosionen stammten. Er hatte nicht die geringste Lust, wie ein Feuerwerkskörper in die Luft zu fliegen.

»Was schlägst du vor?«, fragte er Dagobert.

»Keine Ahnung. Ihr könnt gerne versuchen, in den Turm zu gelangen. Ich warte hier auf euch.«

»Reiher, Pfeifer und Kaninchen ...«, rief sich Jason ins Gedächtnis. »Kaninchen graben Löcher. Vielleicht haben wir hier die Fallen der Kaninchen vor uns.«

Seine Schwester fuchtelte mit den Händen in der Luft herum. »Und wenn das die Falle der Reiher ist? Reiher fliegen und berühren folglich nicht den Boden.«

»Alles klar, Julia«, meinte Jason spöttisch, »dann flieg mal los.«

»Da gäbe es noch eine Möglichkeit«, meinte seine Schwester kichernd und schaute nach oben.

»Komm!«, forderte Julia ihren Bruder wenig später auf.

Jason stöhnte. »Bist du sicher, dass das Seil auch bei mir hält?«, fragte er.

»Klaro«, beruhigte Julia ihn. Sie hatte die Kletterpartie bereits hinter sich und den Eingang zum Donnerlabor erreicht.

»Lass bloß nicht los!«, rief Jason Dagobert zu. Dann zog er sich an der Klingelschnur hoch, kreuzte die Beine darüber und hangelte auf den Turm zu. »Gibt es wirklich keine andere Möglichkeit, da reinzukommen?«, fragte er seine Schwester ein weiteres Mal.

»Ich wusste nicht, dass du so ein Angsthase bist!«, schimpfte Julia und öffnete das Tor zum Turm. »Komm, mach schneller!«

»Warte auf mich!« Jason wollte auf gar keinen Fall, dass seine Schwester etwas Interessantes entdeckte, wenn er nicht dabei war.

Julia betrat den kreisrunden Raum. »Hallo!«, rief sie. »Ist da jemand?« Dann sagte sie an ihren Bruder gewandt: »Scheint keiner zu Hause zu sein.«

»Na klasse!«, stöhnte Jason und ließ sich auf den Boden fallen. Er gab Dagobert ein Zeichen, auf sie zu warten, und folgte Julia ins Donnerlabor.

Eine mächtige Steintreppe führte in die oberen Stockwerke. Die einzigen Möbel im Erdgeschoss waren eine

Sitztruhe aus schwarzem Holz und ein Kerzenleuchter, der über und über mit rotem Wachs bedeckt war. Durch eine niedrige Tür gelangten sie in ein kleines Nebenzimmer. Dort stand eine große Maschine, an der Streifen von buntem Stoff hingen.

»Was ist das denn?«, fragte Jason.

»Ein Webstuhl, glaube ich«, erwiderte Julia.

»Ein Webstuhl?«

»Siehst du die Wollfäden? Sie sind ineinander verflochten. So kann man Teppiche oder Stoffe herstellen.«

»Aha.« Jason machte große Augen.

»So einen riesigen habe ich allerdings noch nie gesehen«, fuhr Julia fort.

»Wahrscheinlich ist es ein Webstuhl Marke Dedalus«, witzelte Jason.

»Das würde mich nicht wundern.« Julia kehrte zur Treppe zurück. »Wir könnten ihm eine Nachricht hinterlassen«, schlug sie vor.

»Hast du was zum Schreiben dabei?«, fragte Jason, der dicht hinter seiner Schwester blieb.

»Nein. Aber ich habe Ulysses Moores Notizbuch. Wir sollten ...« Sie schüttelte den Kopf. »Ach, keine Ahnung ...«

Bedächtig stellte Jason einen Fuß auf die unterste Stufe.

»Meinst du nicht, das könnte gefährlich sein?«, fragte ihn Julia.

»Gefährlicher als die Stufen hinunter zum Strand der Villa Argo?«, entgegnete ihr Bruder grinsend.

»Und die Fallen?«

»Wir müssen eben aufpassen«, sagte Jason und betrat die zweite Stufe.

Nichts geschah.

Er nahm die dritte.

Und auch jetzt passierte nichts.

Die Zwillinge schlichen vorsichtig die Treppe hinauf.

Da spürte Jason mit einem Mal einen Luftzug. »Das könnte eine Falle sein«, zischte er Julia zu. Er suchte die Mauer mit den Augen ab und entdeckte ein kleines Loch, aus dem die Luft kam. Es befand sich genau über der elften Stufe.

Jasons Gedanken rasten. Würde er einen Mechanismus auslösen, wenn er den Luftstrom unterbrach? Kurz entschlossen hob er den rechten Fuß und setzte ihn auf der zwölften Stufe ab. Anschließend verlagerte er sein Gewicht und zog den linken Fuß nach. Das Holz knarzte. Aber es passierte nichts.

»Julia, überspring die elfte Stufe.«

Vorsichtig folgte seine Schwester ihm die Treppe hinauf.

Im ersten Stock gab es einen spärlich eingerichteten Raum. Im Kamin schwelten die Überreste eines Feuers. Ein mit Stroh gefüllter Sack in der gegenüberliegenden Ecke schien noch vor Kurzem benutzt worden zu sein. Eine der Mauern wurde von einem großen Wandteppich bedeckt. In einer anderen war ein Fenster eingelassen, das auf die Festungsanlage hinausging.

»Mister Vulcano?«, rief Jason.

»Ich glaube, hier ist niemand«, meinte Julia und ließ ihren Blick durch den Raum schweifen. Vor dem offenen Kamin standen ein Korbstuhl und ein Tisch, auf dem sich eine Rabenfeder und ein Fläschchen schwarze Tinte befanden.

Jason sah sich die Glut im Kamin genauer an, während Julia zum Fenster ging und hinausschaute. Sie schluckte. »Dagobert ist verschwunden«, stieß sie aufgebracht hervor. Rasch erzählte sie ihrem Bruder von der Warnung des anderen Diebs, den sie im Garten von Bruder Falena getroffen hatte.

»Wir sollten auch zusehen, dass wir hier wegkommen«, sagte Jason und griff nach der Feder. Sie war am unteren Ende schräg abgeschnitten worden. »Kannst du mit so was schreiben?«, fragte er seine Schwester.

»Ich kann es versuchen. Auf jeden Fall ist meine Schrift leserlicher als deine.«

»Sehr nett«, erwiderte Jason. Insgeheim musste er aber zugeben, dass seine Schwester recht hatte.

Julia holte Ulysses Moores Notizbuch aus der Tasche und riss ein leeres Blatt heraus.

Jason nahm währenddessen das Zimmer noch einmal genauer unter die Lupe. Er hob den Strohsack an. »Nichts«, sagte er und legte ihn wieder an seinen Platz.

»Was hattest du erwartet?«, fragte Julia spöttisch. Sie öffnete das Tintenfläschchen und tauchte die Rabenfeder hinein. »Lieber Mr Black Vulcano ...«

Sofort unterbrach Jason sie. »Das ist viel zu förmlich! Lieber Black«, schlug er stattdessen vor. »Wir wollten dich besuchen, aber du warst nicht da.«

Julia konzentrierte sich aufs Schreiben. Kratzend fuhr die Feder über das Papier und hinterließ dabei größere und kleinere Tintenkleckse.

»Punkt«, diktierte Jason weiter. Er blieb vor dem Wandteppich stehen.

»Leider«, sagte Julia, »war Oblivia Newton bei uns. Aber die Wachen haben sie verhaftet.«

»Zusammen mit Manfred«, ergänzte Jason. In den Wandteppich war das Bild eines Ritters eingewebt, der seine Rüstung ausgezogen hatte und sich auf einer Wiese voller Kaninchen ausruhte.

Julia schrieb bis »Wachen« weiter. Dann kaute sie nachdenklich auf der Feder herum. »Ich weiß nicht, ob Black Manfred kennt. Ich weiß nicht einmal, ob er weiß, wer wir sind. Vielleicht sollten wir das erklären ...«

»Hast recht«, sagte Jason. »Wir sind die Zwillinge aus London, die jetzt in der Villa Argo wohnen und wissen, was ihr mit den Schlüsseln gemacht habt«, schlug er vor und strich behutsam mit der Hand über den Wandteppich.

»Einverstanden«, stimmte Julia ihrem Bruder zu. »Sollen wir Rick auch erwähnen?«

»Nö ...« Jason schüttelte den Kopf und hob eine Ecke des Teppichs an, um dahinterzugucken. »Hey!«, stieß er überrascht hervor.

Julia zuckte zusammen. »Was soll das? Jetzt hätte ich mich fast verschrieben!«

»Tut mir leid, aber schau mal!«

»Was?«

»Hier ist etwas!«, rief Jason. Tatsächlich verbarg sich hinter dem Wandteppich eine Nische. Er streckte den Arm hinein und ertastete mit den Fingerspitzen eine Schnur, die quer durch die Einbuchtung gespannt war. »Eine Schnur!«, sagte er.

»Was soll das heißen: eine Schnur?«

»Das, was ich gesagt habe«, gab Jason zurück. »Hinter diesem Wandteppich ist ein Loch und darin ist eine Schnur.«

»Aber warum ist da eine Schnur?«, fragte Julia. Eine beunruhigende Vorahnung stieg in ihr auf. »Das wird doch keine Falle sein?«

Sie sah zu dem Wandteppich hinüber: Eingewebt war ein Mann mit einem langen Bart, neben dem eine glänzende Rüstung lag. Außerdem war da noch ein Pferd. Und ein dicht mit Gras bewachsener Hügel, auf dem viele kleine Kaninchen saßen. Darunter war der Eingang zu einer kleinen Höhle zu sehen ...

»Die Kaninchen«, murmelte Julia.

Jason zupfte leicht an dem Band. Sie hörten ein gedämpftes »Paff!«

»Und jetzt?«, fragte Jason.

Auf das erste »Paff!« folgte ein zweites, das von einem Knistern begleitet wurde.

Durch das Fenster sahen sie eine Kaskade glitzernder Lichter. Dann erhellte ein orangefarbener Blitz den Himmel.

»Oh nein!«, rief Julia.

Jason ließ die Schnur los. »Das sah ja aus wie …«

Die dritte Explosion war sehr laut. Diesmal stiegen weiße und goldene Funken auf.

»… ein Feuerwerk«, beendete Jason seinen Satz.

Die Zwillinge blieben wie erstarrt stehen, als mit einem Mal das Klirren von Waffen zu ihnen hereindrang, dicht gefolgt von einem scharfen Kommando.

»Sucht die Eindringlinge! Beeilt euch! Lasst sie nicht entkommen!«

HET XV. CAPITEL.
Van Camille.
Ghemeyne Camille.
Das Steinerne Zimmer
Herbier
NOM SCIENTIFIQUE
NOM FRANÇAIS Camomille
NOMS VULGAIRES
DATE ET LIEU DE RÉCOLTE
HABITAT Jardin.
PROPRIÉTÉS, USAGES

Das warme Badewasser reichte Mr Covenant bis zum Kinn. Er hatte den Kopf an den Wannenrand gelehnt und betrachtete aufmerksam die Decke über ihm, als ob die Risse im Verputz die Zeichen einer antiken Schrift wären, die er zu entschlüsseln versuchte. Er fühlte sich so wohl wie schon lange nicht mehr.

Nach der kalten Ruderpartie kam ihm die mit duftendem Schaum gefüllte Badewanne wie das Paradies vor. Und langsam verblasste die Erinnerung an die Begegnung mit dem Wal, den Anblick des reglos im Wasser treibenden Leuchtturmwärters und ... Er öffnete die Augen. Jemand hatte geklopft.

»Bist du da drin?«, fragte seine Frau.

»Ich liege in der Wanne.«

Die Tür ging auf und Mr Covenant bereute es, nicht abgeschlossen zu haben.

Seine Frau hatte eine neue Frisur, die ein bisschen an eine Bananenstaude erinnerte.

»Das steht dir sehr gut«, sagte er in der Hoffnung, sich mit einem Kompliment vor irgendwelchen anstehenden Diskussionen retten zu können.

Mrs Covenant wirkte abwesend. »Fällt dir etwas auf?«

Mr Covenant runzelte die Stirn. »Dein Sonnenbrand?«

»Ich habe doch keinen Sonnenbrand! Hast du die Kinder gesehen?«

»Nein. Warum?«

»Unten sind sie nicht. Ich dachte, sie wären in ihre Zimmer gegangen, aber auch dort fehlt jede Spur von ihnen.« Es war ihr anzusehen, wie beunruhigt sie war. »Dort herrscht allerdings ein ziemliches Durcheinander. Und es kommt mir so vor, als hätte jemand die Bibliothek durchsucht.«

»Wer soll das denn gewesen sein?«

»Ich weiß es nicht. Das ist nur so ein Gefühl.« Mrs Covenant biss sich auf die Unterlippe.

»Gibt es noch etwas, was du mir sagen möchtest?«, hakte Mr Covenant nach.

»Da war auch so ein merkwürdiger Luftzug.«

»Luftzug?«

»Ja, genau.«

»Vielleicht haben sich die Kinder versteckt, um dir einen Streich zu spielen.«

»Zur Abendessenszeit?«

»Könnte es sein, dass sie auf dem Dachboden sind?« Mr Covenant hoffte, dass diese Unterhaltung bald zu Ende sein würde. Er wollte sich noch ein paar Minuten entspannen.

»Ich schaue schnell dort nach.« Mrs Covenant ging zur Tür, drehte sich dann aber noch einmal um. »Wenn du ...«, sagte sie mit einem flehenden Blick.

»Ja, ich komme sofort und helfe dir«, seufzte er. Nachdem sich die Badezimmertür geschlossen hatte, verdrehte er die Augen. »Pause zu Ende!« In Pantoffeln und einem apfelgrünen Bademantel verließ er das Bad.

Es stimmt, dachte er. Ein eiskalter Luftzug strich um seine Beine. Er kam unter der Spiegeltür des Turmzimmers hervor.

»Daher weht also das geheimnisvolle Lüftchen!«, rief Mr Covenant, als er sah, dass eines der Fenster im Turmzimmer offen stand.

Er wollte es gerade schließen, als er wie verzaubert stehen blieb. Am Himmel waren dunkle Wolken aufgezogen, deren Ränder im Licht der untergehenden Sonne golden glänzten. Der Wind hatte aufgefrischt und trieb kleine, schaumgekrönte Wellen vor sich her zum Strand.

Lächelnd machte Mr Covenant das Fenster zu. Dabei bemerkte er, dass im Gärtnerhaus Licht brannte. Offenbar hatte Nestor Besuch bekommen, denn er lief in seinem Wohnzimmer auf und ab, als befände er sich mitten in einer lebhaften Diskussion. Mr Covenant kniff die Augen zusammen und konnte erkennen, dass sich der Gärtner mit dem rothaarigen Jungen aus dem Dorf unterhielt.

Dann können Julia und Jason ja nicht weit sein, dachte er zufrieden. Offenbar machten sie dem alten Nestor mal wieder das Leben schwer.

Mr Covenant verließ das Turmzimmer und stieg die Treppe ins Erdgeschoss hinunter. »Oh nein!«, stöhnte er. Er war mit seinen Pantoffeln auf der letzten Treppenstufe ausgerutscht und hatte sich unter den strengen Blicken der früheren Besitzer der Villa im letzten Moment am Geländer hochziehen können. Gerade als er dachte, dass sich sein Porträt in der langen Reihe der Bilder gut machen würde, stürzte ein Schatten auf ihn zu.

Augenblicklich wurde Mr Covenant von einer grünlichen Wolke eingehüllt, die nach Kamille roch. Überrascht machte er einen Schritt zur Seite, geriet ins Straucheln und fiel der Länge nach auf den Teppich.

Hinter ihm schloss ein Mann, der wie ein Mönch gekleidet war, einen Glasflakon und sah auf den bewusstlosen Mr Covenant hinunter. »Vielleicht hätte für ihn auch weniger von dem Schlafmittel gereicht, was meinst du?«

Seine in blaue Seide gekleidete Assistentin machte nur eine wegwerfende Handbewegung. »Komm, sehen wir zu, dass wir ihn und seine Frau verschwinden lassen!«

Der Mann schaute sich nachdenklich um. »Aber wohin mit ihnen? Ist schon lange her, seit ich das letzte Mal hier war.«

Mrs Banner sah auf die Uhr: Es war neun Uhr durch und Rick war immer noch nicht zu Hause. Inzwischen war das Abendessen kalt.

»Was ist bloß los?«, fragte sie sich. Irgendetwas schien ihren Sohn so sehr zu beschäftigen, dass er darüber alltägliche Dinge vergaß. Zum Beispiel pünktlich zum Essen zu erscheinen.

Mrs Banner hätte wetten können, dass Rick in der Villa Argo war, aber warum hatte er nicht Bescheid gesagt? Und weshalb war er in letzter Zeit so schweigsam? Sie hatten früher immer viel miteinander geredet. Und nun hatte sich Rick auf einmal in sich zurückgezogen. Im Laufe eines einzigen Wochenendes hatte er sich stärker verändert als im ganzen Jahr zuvor.

Diese Veränderungen hatten aber auch ihr Positives. Rick kam ihr irgendwie glücklicher vor. Es war, als sei er aus der Betäubung erwacht, in die ihn der Tod seines Vaters gestürzt hatte. Dass er jedoch keine Rücksicht mehr auf sie nahm ... Nein, das durfte sie ihm nicht durchgehen lassen.

Sie fasste einen Entschluss: Sie kramte ihr in rotes Leder gebundenes Adressbuch hervor und wählte die Nummer der Villa Argo.

Der Anschluss sei nicht erreichbar, teilte ihr kurz darauf eine Tonbandstimme mit.

Sie legte den Hörer auf, nahm ein zweites Mal ab und versuchte es erneut.

Wieder nicht erreichbar.

Mrs Banner biss die Zähne so fest zusammen, dass ihre Kiefer schmerzten. Was sollte sie tun? Sie war sich sicher, dass Rick da oben war und mit seinen neuen Freunden aus London spielte. Und dass die Großstadtluft, die Julia und Jason mitgebracht hatten, ihn stärker faszinierte, als es gut für ihn war. Sie kehrte in die Küche zurück, zu dem Päckchen Geleefrüchte der Konditorei *Chubber*.

Sie nahm ein Konfekt und aß es. Und gleich darauf noch eins. Der Zucker der süßen Früchte vertrieb die Bitterkeit aus ihren Gedanken.

Was sollte sie tun?

Sie steckte sich eine dritte Geleefrucht in den Mund. Und beschloss, weiter zu warten.

Es wurde zehn.

Von Rick fehlte noch immer jede Spur. Die Villa Argo war telefonisch weiterhin nicht erreichbar. Und Patricia hatte sämtliche Geleefrüchte aufgegessen. Sie versuchte sich daran zu erinnern, wo sich Rick in letzter Zeit oft herumgetrieben hatte, und rief als Erste Miss Biggles an. Sie wollte sie fragen, ob sie Rick im Laufe des Tages gesehen hatte.

Die alte Dame klang am Telefon ziemlich verschlafen und konnte Mrs Banner nicht weiterhelfen.

»Aber vielleicht ist dir Cäsar über den Weg gelaufen«, meinte sie dann. »Ich befürchte, dass er wieder oben auf einer Straßenlaterne sitzt, der arme Kater.«

Nein, Cäsar war Patricia nicht begegnet.

Als Nächstes wählte sie die Nummer von Leonard Minaxo. Ihr war wieder eingefallen, dass Rick sie beim Mittagessen nach dem Leuchtturmwärter gefragt hatte. Sie hatte geantwortet, Minaxo sei ziemlich menschenscheu und würde deshalb dort draußen arbeiten. Dann hatte sie Rick noch erzählt, dass Minaxo auf See ein Auge verloren hatte und ein guter Freund seines Vaters gewesen war. Doch als sie wiederum hatte wissen wollen, warum sich Rick plötzlich für den Leuchtturmwärter interessiere, hatte Rick nur mit den Schultern gezuckt und »Ach, einfach bloß so« geantwortet.

Patricia kannte diese Antwort nur zu gut. Ihr Mann hatte sie ihr immer gegeben, wenn er nicht über die Dinge hatte sprechen wollen, die ihn beschäftigt hatten. Zum Beispiel an jenem Tag, als er seine Ausrüstung zusammengepackt hatte und hinausgefahren war, um weit draußen in der Bucht zu tauchen.

Gemeinsam mit Leonard Minaxo.

Patricia hielt den Hörer ans Ohr und wartete.

Es läutete wieder und wieder, aber niemand nahm ab.

Danach wusste Mrs Banner nicht mehr, wen sie noch anrufen sollte. Sie hinterließ Rick auf dem Küchentisch eine Nachricht für den Fall, dass er nach Hause kam, während sie weg war. Dann nahm sie ihre Jacke von der Garderobe und verließ das Haus. Sie schaltete weder das Licht aus noch schloss sie die Haustür ab.

Mit schnellen Schritten ging sie zum *Salt Walker*, der einzigen Gaststätte im Ort, und fragte den Besitzer hinter dem Tresen nach Rick.

»Hat hier jemand den jungen Banner gesehen?« Der Mann sah die wenigen Gäste der Reihe nach an.

Die Leute sahen einander an. Dann schüttelte einer nach dem anderen den Kopf. Nein, niemand hatte ihn zu Gesicht bekommen.

»Oder vielleicht doch«, meinte ein Fischer. Er glaubte, den Jungen am Strand gesehen zu haben, wie er aus einem Ruderboot gestiegen war.

»Wann war das?«, fragte Patricia sichtlich erschrocken über diese Information.

»Am frühen Nachmittag.«

»War er allein?«

»Nein, wenn ich mich richtig erinnere, waren noch ein Junge und ein Mädchen bei ihm.«

Patricia bedankte sich und verließ das Lokal. Ihr Magen hatte sich zusammengekrampft. »Schon wieder ein Boot«, dachte sie laut. »Schon wieder das verdammte Meer.«

Sie lief die Mole neben dem Strand von *Whales Call* entlang. Auf der gegenüberliegenden Seite thronte die Villa Argo über den Klippen. Ihr fiel auf, dass viele ihrer Fenster hell erleuchtet waren.

Warum haben sie nicht gemerkt, dass ihr Telefon nicht funktioniert?, fragte sich Patricia Banner.

Sie ging bis zum Ende der Mole und kehrte dann wieder um. Am Himmel glitzerten die Sterne. Das Meer war ruhig und so glatt wie ein Spiegel. Der Lichtkegel des Leuchtturms drehte seine Runde und schien einen Augenblick lang auf ein Ruderboot, das an den Strand gezogen worden war.

Patricia schüttelte den Kopf, wie um böse Erinnerungen abzuwehren. Doch die Erinnerungen waren zu stark und ließen sich nicht so einfach vertreiben.

Zuerst tauchte vor ihrem geistigen Auge das Bild von Leonard Minaxo auf, wie er im Dunkeln vor ihrem Haus gestanden hatte.

»Es tut mir leid, Patricia«, hatte er geflüstert. »Es kann sein, dass deinem Mann etwas zugestoßen ist.«

Sie war an der Seite des Leuchtturmwärters zum Strand gelaufen, wo sich schon das ganze Dorf versammelt hatte. Sie hatten einen Halbkreis gebildet. Patricia hatte das Boot im Schein der Fackeln gesehen.

Das Boot ihres Mannes.

Und es war leer gewesen.

»Leonard hat es draußen vor der Bucht gefunden«, hatte jemand gesagt.

Patricia hatte das kleine Boot angestarrt. Darin lagen noch seine Kleider. Die Netze. Die Tauchausrüstung. Ein nasses Stoffbündel.

»Was ist passiert?«, fragte sie die Umstehenden.

»Wir wissen es nicht.«

»Wir wollen rausfahren, um ihn zu suchen«, hatten die Fischer gesagt. »Wir werden ihn finden.«

Jemand hatte ihr eine Hand auf die Schulter gelegt, während sie nach dem Stoffbündel gegriffen hatte: Ein alter, rostiger Schlüssel war in ihre Hand gefallen.

Sie hatte ihn an ihre Brust gedrückt und sich umgedreht, sodass sie plötzlich allen aus dem Dorf gegenübergestanden hatte.

Und in diesem Moment hatte sie gewusst, dass ihr Mann tot war.

Als der Lichtkegel zum zweiten Mal das Boot streifte, kehrte Patricia Banner in die Wirklichkeit zurück.

Sie stieg hinunter zum Strand. Das Boot war kleiner als das ihres Mannes. Es war ein einfaches Ruderboot, das so intensiv nach Meer roch, dass ihr beinahe schlecht wurde. Der Name am Bug kam ihr bekannt vor: *Annabelle.*

So hieß Ulysses‘ Mutter, die als junge Frau ums Leben gekommen war.

Patricia Banner warf der Villa Argo hoch oben auf den Klippen einen hasserfüllten Blick zu. Sie beschloss, etwas zu unternehmen. Und sich ihren Sohn zurückzuholen.

Sie kannte einen schmalen Pfad, der hinter dem Strand begann und über die Klippen bis hinauf in den Garten der Villa führte. Obwohl sie ihn seit Jahren nicht benutzt hatte, war sie sich sicher, ihn wiederzufinden. Wie zum Abschied fuhr sie mit der Hand über das kalte Holz des Ruderboots. Dann tauchte sie in die Dunkelheit ein.

Eine Zelle für vier

Dagobert versuchte, sich aus dem festen Griff eines Soldaten zu winden. »Lass mich los! Lass mich los! Ich habe doch nichts getan!«

»Das kannst du deiner Großmutter erzählen, Bengel!«, schrie ihn der Soldat an und drückte ihn gegen die Wand.

»Ich bin wirklich unschuldig!«, protestierte Dagobert. »Ich war es nicht!«

»Ach nein? Und wer war es dann?«, fragte der Mann im Kettenhemd, in dem sich schillernd die bunten Lichter des Feuerwerks spiegelten.

Die anderen Soldaten des Priesters Johannes hatten sich über das Feld vor dem Labor verteilt.

»Kommt raus! Ihr seid umzingelt! Ihr könnt nicht entkommen!«, hörte Dagobert sie rufen.

Dann wurde er so durchgeschüttelt, dass er gar nicht mehr mitbekam, was rings um ihn herum geschah.

»Wer war es dann?«, fragte der Soldat nochmals. »Wie viele Diebe seid ihr?«

»Sie sind keine Diebe! Es sind zwei Reisende!«, sagte Dagobert. »Ein Junge und ein Mädchen.«

Der Soldat nickte, drehte sich zu den anderen um und brüllte ihnen die neue Information zu: »Zwei Personen! Männlich und weiblich! Los, sucht sie!«

Wie um Dagobert für sein Geständnis zu belohnen, ließ er ihn los, sodass er zu Boden fiel.

»Lass mich bitte gehen«, jammerte Dagobert in der Hoffnung, bei dem Soldaten auf Mitleid zu stoßen. »Ich bin gar kein richtiger Dieb.«

»Das soll ich dir glauben, wo du doch über und über mit Seilen behängt bist? Du gehörst zu den Dachsteigern, nicht wahr?«

»Ich bin nur ein Kind ...«, schluchzte Dagobert.

Ein dumpfer Knall veranlasste den Soldaten dazu, sich umzudrehen. Zwei seiner Kameraden hatten sich gegen das Tor des Turms geworfen, in dem sich das Donnerlabor befand, und es aufgebrochen.

»Ich weiß nicht, warum sie das ständig machen«, sagte er genervt. »Es war offen, genauso wie alle anderen Türen und Tore!« Fassungslos über so viel Dummheit schüttelte er den Kopf. Dann drehte er sich wieder zu dem Jungen um. »Du bleibst jetzt bei mir, Bengel! Hey, wo steckst du?«

Der junge Dieb war verschwunden. Das Aufblitzen eines Metallhakens ließ den Soldaten nach oben gucken. Er ballte die Faust. »Komm sofort da runter, du Lauser!« Oben auf dem Dach zeichnete sich eine dunkle Gestalt gegen den Sternenhimmel ab. »Komm runter, hast du verstanden? Ich lasse mit Pfeilen auf dich schießen! Hast du mich gehört, Rotznase?«

Er erhielt keine Antwort.

»Wenn ich dich noch einmal erwische«, brüllte der Soldat, »sperre ich dich in den Kerker und sorge dafür, dass du bis ans Ende deiner Tage drinbleibst!«

Jason und Julia hatten sich zwischen den mechanischen Teilen des großen Webstuhls versteckt. Lange kratzige

Wollfäden flatterten vor Jasons Gesicht herum. Julia lag flach auf dem Bauch unter den hölzernen Pedalen der riesigen Maschine. Für den Fall, dass sie sich trennen mussten, hatten die Geschwister einen Treffpunkt ausgemacht: den Kreuzgang, in den sie durch die Tür zur Zeit gelangt waren.

Unter lauten Rufen und Waffenklirren suchten die Soldaten das Innere des Turms ab.

»Hierher! Schnell, da rüber! Halt! Los, bewegt euch!«, brüllten verschiedene Stimmen durcheinander.

Da wurde die Tür zum Webzimmer aufgestoßen. Schritte und das Rasseln der Hellebarden waren zu hören.

Julia und Jason hielten die Luft an. Die Soldaten fingen an, zwischen dem fertig gewebten Stoff und den unzähligen gespannten Fäden herumzustochern. Gewaltsam schoben sie die Arme der Maschine zur Seite, mit den Füßen kippten sie die Behälter voller Garnspulen um, die klappernd durch das Zimmer rollten.

»Hast du etwas gefunden?«, fragte eine polternde Stimme.

Julia konnte die Antwort nicht hören, denn in dem Moment zischte die Klinge einer Hellebarde knapp an ihrem Gesicht vorbei.

»Es sollen zwei Diebe sein«, ließ sich wieder der Soldat vernehmen.

»Woher weißt du das?«

»Der dritte wurde draußen gefasst.«

Dagobert, dachte Jason, ohne allzu großes Mitleid mit dem Jungen zu haben. Bewegungslos wartete er im Dunkeln darauf, dass sich die Männer entfernten.

Sie blieben jedoch neben dem Webstuhl stehen, der plötzlich mit einem lauten Krachen in sich zusammenstürzte. Entsetzt schrie Julia auf.

»Ach, wer ist denn da?«, sagte einer der Soldaten.

Ein kurzes Durcheinander folgte. Julia versuchte zu flüchten, kam aber nicht weit.

»Ich hab sie!«, freute sich der Soldat und griff fester zu.

»Jason!«, rief Julia.

Jason wollte aus seinem Versteck kriechen, stieß sich aber in der Dunkelheit die Stirn an einer Kante des Webstuhls. Er sah einen weißen Blitz und ein unglaublich heftiger Schmerz durchzuckte ihn.

»Jason!«, schrie Julia nochmals.

Jason hielt sich mit beiden Händen den Kopf, der furchtbar dröhnte. Er hörte die Schreie seiner Schwester, konnte aber keinen klaren Gedanken fassen. Seine Schmerzen lähmten ihn.

»Dich haben wir, du kleines Scheusal! Du entkommst uns nicht mehr!«, hörte er einen Soldaten sagen.

Darauf erklangen Rufe: »Sie ist hier! Wir haben sie gefunden!«

Es ist vorbei, dachte Jason und rollte sich am Boden zusammen. Er rechnete jeden Moment damit, dass er abgeführt würde, aber nichts geschah.

Stattdessen verebbten die Stimmen und die Schritte nach und nach, und schließlich wurde es um ihn herum ganz still.

Als er die Augen wieder öffnete, war er allein. Jason blinzelte. Es war stockdunkel: Es musste immer noch Nacht sein.

»Julia?«, fragte er, erhielt aber keine Antwort.

Er kroch unter den Trümmern des Webstuhls hervor. In seinem Kopf pochte der Schmerz, der sich verschlimmerte, sobald er die Stirn nur leicht berührte. Am Haaransatz hatte sich bereits eine dicke Beule gebildet.

Er richtete sich auf. Überall lagen Garnrollen und Stofffetzen herum.

»Julia?«, fragte er wieder, obwohl er nur zu gut wusste, dass seine Schwester ihm nicht antworten würde.

Mühsam versuchte er, sich zu erinnern, was eigentlich geschehen war. Er hatte das Bewusstsein verloren und die Soldaten hatten ihn nicht gefunden. Warum? Hatten sie ihn vielleicht für tot gehalten?

Er lief zum Eingang und schaute hinaus zu den vier Masten der Klingelschnur. Ob er sich wohl wieder an der Schnur entlanghangeln musste, um das Feld zu überqueren? Das würde er auf keinen Fall schaffen: Dafür war er zu kaputt.

Erschöpft setzte er sich auf die Türschwelle. Die Soldaten hatten seine Schwester mitgenommen und er fühlte sich entsetzlich einsam.

Tief in seine düsteren Grübeleien versunken, hörte Jason plötzlich ein Geräusch. Kurz darauf nahm er eine Bewegung hinter sich wahr. Mit einem Ruck drehte er sich um und wich im selben Moment erschrocken zurück. Fast hätte er laut aufgeschrien.

Vor ihm baumelte ein Gesicht von der Decke.

»Hallo«, sagte eine ihm vertraute Stimme und Dagobert ließ sich zu Boden gleiten. »Wie geht es dir?«

Jason antwortete nicht.

»Tut mir leid wegen deiner Schwester«, fuhr der Dieb fort.

Jason ging davon aus, dass Dagobert sie verraten hatte. »Du hast uns an die Soldaten ausgeliefert, nicht wahr?«

»Natürlich«, gab der junge Dieb zu. »Mir ist es jedoch gelungen zu entkommen.«

»Du bist ein Feigling. Und es ist deine Schuld, dass sie Julia gefangen haben!«

»Das glaube ich nicht. Ich war nicht derjenige, der das Feuerwerk ausgelöst hat. Das war ja fast, als hättet ihr den Soldaten zugerufen: ›Kommt her! Wir sind hier! Nehmt uns fest!‹«

»Wo haben sie sie hingebracht?«

»Die beiden?«

»Warum die beiden?«

»Weil sie zu zweit waren.«

»Wieso zu zweit?«

»Im Labor war noch jemand. Ein anderer Dieb, der euch gefolgt ist«, erklärte Dagobert.

»Das ist nicht möglich«, sagte Jason leise. Doch da erinnerte er sich an die Begegnung im Olivenhain, von der Julia ihm erzählt hatte. Er sagte dem Dachsteiger aber nichts davon, denn er hielt es für besser, ihm nicht zu trauen.

»Ich habe ihn gesehen!«, beteuerte Dagobert. »Mit meinen eigenen Augen.«

»Deinen Augen könnte ich vielleicht trauen«, meinte Jason verächtlich, »aber deinem Mund nicht. Vielleicht hast du dich mit den Soldaten abgesprochen, um das Notizbuch zu bekommen.«

»Und warum wäre ich dann hiergeblieben?« Der Dieb streckte Jason seine leeren Hände entgegen. »Wie du sehen kannst, ist es heute Nacht für mich nicht besonders gut gelaufen.«

Jason machte ein besorgtes Gesicht. »Das Notizbuch hat Julia.«

»Aber nicht mehr lange, glaube ich.«

»Warum? Was werden sie mit ihr machen?«

»Das, was sie mit allen Dieben tun. Sie bringen sie ins Gefängnis, durchsuchen sie und sperren sie für einige Zeit hinter Gitter. Und mach dir keine Hoffnungen: Die Türen der Zellen werden abgeschlossen.«

»Aber Julia ist doch keine Kriminelle!«

»Dann geh zu ihnen und erzähl ihnen das«, spottete Dagobert. »Wer ohne Erlaubnis nachts in der Festungsanlage unterwegs ist, gilt automatisch als Dieb. Das ist ein Befehl des ...«

Jason zuckte mit den Schultern. »Jaja, ich weiß, ein Befehl des Priesters Johannes. Dieser blöde Kerl!« Mit der Wut kehrte auch Jasons Entschlossenheit zurück. Er schlug mit der Faust auf seinen Oberschenkel. »Ich muss mit jemandem sprechen. Und ich muss meine Schwester wiederfinden.«

»Viel Glück!«

»Wo ist das Gefängnis?«

»Ungefähr in die Richtung«, antwortete Dagobert und zeigte auf die zahllosen Dächer der Festung.

»Bemüh dich nicht, ich komme da auch allein hin«, erwiderte Jason genervt.

»Das musst du auch. Du besitzt nämlich nichts, mit dem du mich bezahlen könntest«, sagte Dagobert.

Bei dem Gedanken, sich auf eigene Faust in dieses Labyrinth aus Gassen und Gebäuden zu wagen, verspürte Jason einen Anflug von Panik. Er überspielte ihn, indem er in besonders verwegenem Ton meinte: »Ich glaube, ich gehe zuerst am Adlerstall vorbei und nehme dann die Abkürzung über Hundert Pfauen, das müsste am schnellsten gehen.« In Wirklichkeit sagte Jason nur Ortsnamen auf, die er sich aus Ulysses Moores Notizbuch gemerkt hatte.

Dagobert war beeindruckt. »Weißt du wirklich, wie du dahinkommst?«

»Bei der Mauer rechts, dann links, dann die Treppe hoch, zurück in den Olivenhain, links, noch mal links, dann ganz leise am Wohnhaus der Hohen Herren vorbei, die Treppe der Zwei Löwen hinunter und bis zum

Brunnen«, fuhr Jason fort, indem er in umgekehrter Reihenfolge den Weg beschrieb, auf dem sie hergekommen waren. Er tippte sich mit einem Finger an die Schläfe und lächelte. »Es ist alles hier drinnen, verstehst du? Ich habe ein phänomenales Gedächtnis! Deshalb hat Julia das Notizbuch«, schwindelte er. »Ich kann mich an alle Wegbeschreibungen erinnern, die in dem Heft stehen.«

Dagobert wusste nicht so richtig, ob er Jason glauben sollte.

»Sogar an die zum Brunnen der Ewigen Jugend«, flüsterte Jason und schnalzte mit den Fingern. »Ja, ich denke, ich werde da ein Gläschen trinken, nachdem ich Julia gerettet habe.«

»Du lügst«, sagte Dagobert.

Lässig verabschiedete sich Jason. Insgeheim hofft er, dass Dagobert ihm auf den Leim gehen würde. »Vielleicht«, sagte er. »Aber wenn nicht, dann wirst du wahrscheinlich nie den Weg zum Brunnen der Ewigen Jugend finden.«

»Lasst mich frei!«, schrie Julia.

Sie befand sich in einer niedrigen in den Fels gehauenen Wachstube, die von fettigem schwarzem Rauch erfüllt war. Zwei Soldaten befahlen ihr, ihre Kleidung gegen einen verschlissenen, stinkenden Kittel zu tauschen. Ihre Sachen wurden mitsamt Ulysses Moores Notizbuch in einer Truhe eingeschlossen.

Barfuß, verängstigt und frierend hüpfte Julia auf dem eiskalten Fußboden von einem Bein aufs andere.

Inzwischen hatten sich die Soldaten einen alten Mann mit schmutzigem Gesicht und kahlem Schädel vorgenommen, dessen Augen wie bei einer Kröte hervorquollen. Anders als Julia gehorchte der Alte den Befehlen der Wachmänner aufs Wort, so als sei die Prozedur für ihn etwas Alltägliches. Seine übel riechenden Kleidungsstücke kamen allerdings nicht in die Truhe, sondern wurden sofort ins Feuer geworfen.

»Na, Meisterdiebe sind diese beiden ja nicht gerade«, meinte ein Soldat lachend und wandte sich von ihnen ab.

»Es tut mir leid«, flüsterte der Alte mit den Krötenaugen Julia zu.

Julia war außer sich vor Wut. »Wovon reden die bloß die ganze Zeit? Ich bin doch keine Diebin! Ich war im Donnerlabor, weil ich nach einem Freund gesucht habe!«

»Ach, wirklich?«, fragte der Soldat, der sich zu ihr umgedreht hatte. »Und was ist dann mit ihm?«

»Ich kenne ihn nicht!«, beteuerte Julia.

Der Soldat stemmte die Hände in die Hüften. »Dem Geruch nach zu urteilen, würde ich vermuten, dass wir einen Abflussdieb gefangen haben. Stimmt's?«

Der Alte nickte. »Ich bin Rigobert. Erinnerst du dich an mich?«, meinte er dann leise zu Julia.

»Aha! Ihr kennt euch also doch!«, rief der Soldat triumphierend.

»Aber das stimmt nicht! Ich habe ihn noch nie zuvor gesehen!« Julia machte zwei schnelle Schritte auf den Soldaten zu. »Ich bitte Sie ... Hören Sie mir zu: Ich bin eine

Freundin von Black Vulcano ... Ich bin zu ihm nach Hause gegangen, um ihm eine Nachricht zu hinterlassen. Ich muss mit ihm reden. Sie brauchen ihn nur zu holen und er wird Ihnen alles erklären. Wenn Sie ihn bitte rufen lassen könnten ...«

Der Soldat schob sie grob weg. »Es interessiert mich nicht, mit wem du befreundet bist und warum.«

»Aber das hier ist ein Irrtum«, ließ Julia nicht locker.

Der Mann zog sein Schwert ein Stück weit aus der Scheide. »Du hältst jetzt deinen Mund.«

»Aber es ist nicht mög...«

Die Waffe tanzte vor Julias Nase herum. Sie roch nach Rost und muffigem Schlamm.

»Ich bitte Sie ...«, flehte Julia, der eine Träne die Wange hinunterlief.

Schweigend trieb der Soldat sie vor sich her. Rigobert gab er einen Fußtritt.

Die beiden mussten einen langen, feuchten und nur schwach beleuchteten Gang hinuntergehen, der zu einem Wassergraben voller Karpfen führte. Die Fische waren riesig und bewegten sich wie in Zeitlupe. Sie stiegen über den Graben hinweg und blieben vor einer Tür stehen. Mit einem Pfiff rief der Soldat einen Kameraden herbei, der eine Zelle aufschloss, in die Julia und der Dieb hineingetrieben wurden.

»Ich bitte Sie ...«, versuchte Julia es ein letztes Mal. »Ich friere. Könnten Sie mir nicht wenigstens meine Schuhe geben?«

»Wenn du kalte Füße hast, dann halte sie vom Boden fern«, höhnte der Soldat und schloss die Tür hinter ihnen ab.

»Rufen Sie Balthasar!«, schrie Julia ihm hinterher. »Balthasar! Er wird mich holen kommen!« Julia schlug gegen die Tür und wiederholte Balthasars Namen. Dann ließ sie sich zu Boden sinken und schlang die Arme um die Knie. Der Fußboden der Zelle war feucht und kalt. Es war dunkel und ein unangenehmer Fäulnisgeruch hing in der Luft.

Julia konnte vor lauter Verzweiflung nicht mehr aufhören zu schluchzen.

Da hörte sie plötzlich die Stimme einer Frau, die ihr nur allzu bekannt vorkam. »Wer ist denn dieser Balthasar, der dich retten soll?«

Julia blieb beinahe das Herz stehen. Sie sprang auf und starrte mit zusammengekniffenen Augen in den hinteren Teil der Zelle. Als sie sich an die Dunkelheit gewöhnt hatte, konnte sie zwei weitere Zelleninsassen sehen. Auf einer Holzpritsche lag eine Frau. Neben ihr auf dem Boden hockte ein kräftiger Mann.

»Na, wen haben wir denn da?«, dröhnte Manfreds Stimme. »Das junge Fräulein aus der Villa Argo!«

»Nein!«, rief Julia. »Das kann doch nicht wahr sein! Ich will hier raus! Ich will hier raus!« Sie hämmerte mit den Fäusten gegen die Tür.

Oblivia fing schrill an zu lachen.

Lighthouse
lmore Cove's Caves
Der Große Sommer
von Kilmore Cove

In Nestors Gärtnerhaus herrschte eine eigenartige Stille. Sie wurde nur von Fred Halbwachs Schnarchen unterbrochen, der auf dem Sofa eingeschlafen war. Wenn jemand draußen vor dem Fenster gestanden hätte, hätte er sich an ein altes flämisches Gemälde voller sorgfältig ausgeführter Details erinnert gefühlt. Zwei Männer saßen sich gegenüber an einem Tisch, an dessen Kopfende ein rothaariger Junge Platz genommen hatte.

Ein erschüttert aussehender Nestor hatte gerade einen von Schreibfehlern strotzenden Ausdruck der Alten Eule gelesen, der Druckmaschine des Einwohnermeldeamts. Peter Dedalus hatte ihnen aus dem Venedig des 18. Jahrhunderts eine Nachricht geschickt: Er hatte Oblivia in die Irre geführt und sie dazu gebracht, den Ersten Schlüssel bei Black Vulcano zu suchen. Er hoffte, dass sie dort, wo Black sich aufhielt, gefangen genommen und fern von Kilmore Cove eingesperrt worden war.

Jason und Julia waren ebenso wie Rick nicht in diesen Plan eingeweiht gewesen, weshalb sie nach wie vor glaubten, Black habe den Ersten Schlüssel.

Leonard hatte immer noch nasse Haare. Er musste ständig husten.

Rick starrte auf ein altes, leicht beschädigtes Gemälde, das vor ihm auf dem Tisch lag.

Es war ein Porträt von Ulysses Moore und die Ähnlichkeit des jungen Mannes mit dem alten Gärtner Nestor war nicht zu übersehen.

Es herrschte ein ungemütliches Schweigen, so als ob keiner der drei wüsste, was er sagen sollte. Der Einzige, der sich in seiner Haut wohlzufühlen schien, war der schlafende Fred Halbwach.

Rick ließ seinen Blick durchs Zimmer schweifen und entdeckte eine alte Truhe, deren Deckel hochgeklappt war. Sie war voller Hefte. Dann fragte er die beiden Männer: »Also hat Black den Ersten Schlüssel gar nicht bei sich?«

Nestor und Leonard erwachten aus ihren Grübeleien.

»Der Erste Schlüssel wurde niemals gefunden«, antwortete der Gärtner.

»Wie kann ich dir das glauben?«, erwiderte Rick. Er sah das Gemälde an. »Du hast uns alle die ganze Zeit über belogen.« Rick seufzte. »Du bist also tatsächlich Ulysses Moore. Nicht zu fassen.«

»Ich ...«, stammelte Nestor. »Es ist eine sehr komplizierte Geschichte und ich ...«

»Hör mal, Rick«, schaltete sich Leonard ein. »Wenn wir Dinge verschwiegen haben, dann nur, um euch zu schützen.«

»Das ist euch wirklich super gelungen. Nur doof, dass Julia und Jason zusammen mit Oblivia und Manfred im Garten des Priesters Johannes gelandet sind.«

»Das konnten wir nicht voraussehen. Und heute Abend hat sich das Blatt sowieso gewendet. Ich weiß jetzt, wer den Ersten Schlüssel gefunden hat.« Der Leuchtturmwärter steckte eine Hand in die Tasche.

»Wer?«, fragte Rick. Seine Unterlippe hatte zu zittern begonnen.

»Dein Vater«, antwortete Leonard Minaxo und legte die Taucheruhr auf den Tisch, die er dem Toten im Wrack abgenommen hatte.

Rick erkannte die Uhr sofort wieder: das robuste Gehäuse, die Eule auf dem Zifferblatt, das Monogramm P. D. des Uhrmachers. »Das ... das ist nicht möglich«, stammelte er.

»Doch, das ist es. Dein Vater und ich, wir waren Freunde. Sehr gute Freunde. Und ich nehme an, dass du das weißt.«

Rick nickte zögernd. Nestor knetete schweigend seine Hände.

»Gut«, fuhr Leonard fort. »Draußen vor der Bucht liegt ein Wrack. Es ist fast ganz von Sand bedeckt und so schwer zu finden, dass ich zwanzig Jahre lang danach suchen musste. Alle ...« Er wies zu Nestor hinüber. »Alle dachten, ich sei verrückt. Und dass es das Wrack gar nicht gäbe. Sie glaubten mir nicht. Dein Vater hingegen ... Dein Vater hat mir bei der Suche geholfen.«

»Warum?«, fragte Rick leise.

»Für mich war das Wrack sehr wichtig. Das Schiff heißt *Fiona,* wie die Gattin von Raymond Moore. Raymond war derjenige, der die Villa Argo wiederentdeckte. Er ließ Turtle Park anlegen und schuf viele der ... geheimen Dinge, die du bereits kennst. Er war auch derjenige, der vor einigen Jahrhunderten die Türen und die Schlüssel fand. Er veröffentlichte sogar einen Artikel darüber, in einem Buch, das *Handbuch der Entfesslungskünstler* oder so ähnlich heißt.«

Wieder nickte Rick. »Ich habe den Artikel gelesen. Wir haben das Buch in der Bibliothek der Villa Argo gefunden.«

»Der Artikel war ein Fehler, er lenkte zu viel Aufmerksamkeit auf Kilmore Cove. Vor einigen Jahrhunderten war der Ort nur vom Meer aus erreichbar. Raymond Moore war auf der *Fiona* hierhergekommen. Er fand die Türen und die Schlüssel, ihm fiel auch der Erste Schlüssel in die Hände, der einzige, mit dem sich alle Türen zur Zeit öffnen und schließen lassen. Alle, auch die außerhalb von Kilmore Cove ...«

Überrascht riss Rick die Augen auf. »Es gibt auch außerhalb von Kilmore Cove Türen zur Zeit?«

Leonard nickte.

»Ich verstehe nicht ...« Rick sah erst den einen und dann den anderen an.

»Hab noch etwas Geduld, dann wirst du es.« Leonard holte tief Luft und seufzte. »Vor vielen, vielen Jahren, an einem Nachmittag im Frühling, kamen ...«

»Leonard ...«, fiel Nestor dem Leuchtturmwärter ins Wort, doch der brachte ihn mit einem Wink zum Schweigen.

»... einige Leute hier in den Ort«, fuhr er fort. »Aus London und sie hießen Moore. Sie fuhren zur Villa Argo hinauf, ohne die Bewohner des Dorfes eines Blickes zu würdigen. Ihr elfjähriger Sohn fing jedoch schnell an, das

Dorf zu erkunden. Ich erinnere mich noch so gut daran, als sei es gestern gewesen: Ich saß auf der Mole und beobachtete den Schwimmer meiner Angel. Plötzlich stand dieser Stadtjunge hinter mir und meinte: ›So wirst du nie etwas fangen.‹«

Nestor hob einen Finger, als wolle er widersprechen. »Das habe ich nicht gesagt.«

»Aber ja! Ich weiß es genau.« Leonard stützte sich auf dem Tisch ab und erzählte an Rick gewandt weiter: »Ich war sehr beeindruckt, weil sich dieser Junge aus London so gut auszukennen schien. Ich musste die Angelschnur einholen. Er sah sich den Köder an und auch die Würmer, die ich besorgt hatte, und stellte fest, dass sie das Problem waren. Dann überredete er mich, im Turtle Park nach Regenwürmern zu suchen. Zwei Stunden später fing ich meinen ersten Fisch. Er war riesig!«

Nestor lächelte. »Er war nicht wirklich riesig.«

»Doch, für einen Achtjährigen war er das.«

Rick sah Nestor an. »Woher wusstest du das alles? In London kann man doch nicht angeln.«

Der Gärtner zuckte mit den Schultern. »Ich hatte es in einem Buch gelesen. Und ich war mir überhaupt nicht sicher, ob es funktionieren würde.«

»Aber es klappte«, sagte Leonard. »Und so fingen wir an, mehr oder weniger regelmäßig gemeinsam zu fischen. Später bot ich ihm an, mit in den Park zu kommen, damit ich ihn mit den anderen Kindern aus dem Dorf bekannt machen konnte.« Leonard grinste. »Da fällt mir gerade ein, wie wir unserer Lehrerin Miss Stella mal einen Streich gespielt haben.«

»Sie ist auch meine Lehrerin«, sagte Rick.

»Manches ändert sich wohl nie«, meinte Leonard. »Also, das war so: Nestor sollte sich für das Klassenfoto unter die Schüler mischen, ohne dass Miss Stella es merkte. Das war im Jahr 1958, im Park. Miss Stella zählte uns immer wieder, aber die Zahl stimmte nie. Und der freundliche Fotograf Walter Gatz stellte uns ständig neu auf. Es war ein unvergesslicher Moment. An jenem Nachmittag, an dem dieses alberne Foto entstand, auf dem auch ein Stückchen von Nestor zu sehen ist, schworen wir einander ewige Freundschaft: Victor Vulcano, der genau in jenem Sommer zu Black Vulcano wurde. Phoenix, der später lernte, die Glocken von St. Jacob's zu läuten. Klytämnestra Biggles, die Schwester von Cleopatra. John Bowen, der heute Arzt ist. Und der kleine Peter, der Sohn des Uhrmachers im Ort.«

Rick entspannte sich allmählich. Er wäre nie auf die Idee gekommen, dass Pater Phoenix, Doktor Bowen und Klytämnestra Biggles Freunde von Ulysses Moore gewesen waren.

Leonard erzählte weiter: »Eines Tages lud uns Nestor in die Villa Argo ein. Dort lernten wir ...«

»Leonard!«, seufzte der alte Gärtner.

»... seinen Großvater kennen: Mercury Malcolm Moore«, fuhr Leonard fort. »Ein schrecklicher Mensch. Er war streng und böse und schien Kinder zu hassen.«

Rick fiel es nicht schwer, das zu glauben. Er hatte das Porträt von Ulysses Moores Großvater über der Treppe gesehen. Außerdem wusste er inzwischen, dass dessen Hass auf Kinder einen bestimmten Grund hatte: Seine einzige Tochter Annabelle war bei der Geburt ihres Sohnes Ulysses gestorben. Der alte Moore hatte dem Enkel nie verziehen, der Grund für den Tod seiner einzigen Tochter gewesen zu sein.

»Ganz anders der Vater«, sagte Leonard. »Er hieß John und war natürlich kein Moore.«

»John Joyce«, murmelte Rick. »Ich habe auf einem Grab im Mausoleum seinen Namen gesehen.«

»Er war ein fantastischer Mensch. Ein geborener Dichter und romantischer Träumer, der in allem das Schöne sehen konnte.«

»Als meine Mutter starb ...«, sagte Nestor plötzlich, »war mein Vater der Einzige, der nicht weinte. Er sagte, meine Mutter sei immer eine große Reisende gewesen und man könne Reisende nicht aufhalten. Er behauptete, sie warte auf ihn, so wie sie es die ganzen Jahre über getan hatte, in denen sie sich noch nicht gekannt hatten. Und er stellte sie sich gern auf jener Schwelle vor, die man erreicht, wenn man durch die letzte Tür zur Zeit geht ... die des Todes.« Nestor knetete wieder seine Hände. »Für meinen Großvater aber bestätigte der Umstand, dass mein Vater nicht weinte, den Verdacht, dass John Joyce meine Mutter nur deshalb geheiratet habe, weil sie eine reiche Erbin war. Und er tat alles in seiner Macht Stehende, damit mein Vater nicht an das Vermögen der Familie kam.«

Jetzt übernahm wieder Leonard. »In den Augen des alten Moore war die Villa eine Bruchbude, die er gerne an den Nächstbesten verkauft hätte. Doch John teilte diese Ansicht nicht. Nach dem Tod seines Schwiegervaters brachte er das Haus in seinen Besitz. Aber bereits etliche Jahre zuvor, in jenem Sommer 1958, entdeckten wir die Besonderheiten dieses Ortes und erlebten zwischen den Hügeln von Turtle Park ein unglaubliches Abenteuer.« Leonard lächelte traurig. »Ein Abenteuer, das unser Leben für immer veränderte.«

»Wir trafen uns am Tor des Parks. Es fehlte nur Bowen. Seine Eltern hatten ihn auch dieses Mal nicht mitgehen lassen, weil sie überängstlich waren. Der zukünftige Doktor nahm selten an unseren Ausflügen teil und wurde deshalb auch nie wirklich ein Mitglied unserer Gruppe. Klytämnestra kam wie immer zu spät, doch weil sie das einzige Mädchen war, warteten wir gerne. Sie war sehr schön und auch sehr mutig. Als wir endlich komplett waren, liefen wir erwartungsvoll in den Park. Denn als der Fotograf damals das Klassenfoto gemacht hatte, hatte er erwähnt, dass in diesem Park hinter dem Springbrunnen der Schildkröten der Eingang zu einer großen Höhle liege. Klytämnestra behauptete, er habe auch erzählt, dass darin ein Piratenschatz versteckt sei. Der Gedanke an die Höhle und ihren Schatz ließ uns nicht mehr los, obwohl wir wussten, dass wir uns dabei gewissen Gefahren aussetzen würden. Das größte Problem stellte der Parkwächter dar: Es hieß, er habe immer zwei sehr scharfe Hunde bei sich. Keiner von uns hatte ihn oder die Hunde jemals gesehen. Klytämnestra behauptete, die Hunde würden nachts allein durch den Park streifen, dass sie feuerrote Augen hätten und dass aus ihren Nasenlöchern Rauch käme. Peter hatte schreckliche Angst und wäre am liebsten umgekehrt. Wir Übrigen dagegen waren bereit, der Gefahr ins Auge zu sehen. Phoenix war wie immer sehr vorausschauend gewesen und hatte aus der Metzgerei seiner Eltern einen Beutel Hackfleisch stibitzt. Wir formten daraus Bällchen, die wir mit Pfeffer füllten. Wenn die Hunde uns angreifen würden, dachten wir, brauchten wir ihnen nur das präparierte Fleisch zuzuwerfen und der Pfeffer darin würde sie kampfunfähig machen.«

Rick kicherte.

»Mit dieser Waffe in der Hand drangen wir weiter in den Park vor«, berichtete Leonard. »So kamen wir zuerst zum Springbrunnen der Schildkröten und danach zu dem Geräteschuppen, in dem angeblich der Parkwächter mit seinen furchtbaren Hunden lauerte. Vulcano wollte sich am liebsten sofort der Gefahr stellen, um danach ungestört nach dem Höhleneingang suchen zu können. Der Geräteschuppen war ein weißes Häuschen. Es stand auf der Hügelkuppe unter Bäumen. Dort, wo zwischen dem Gras die ersten Felsen hervorschauen.« Nestor seufzte und lehnte sich auf seinem Stuhl zurück.

»Als wir in die Nähe des Geräteschuppens kamen, schrie Peter laut auf: Er hatte ein Hundeknurren gehört. Zuerst dachten wir, er bilde es sich nur ein. Doch dann nahmen wir es auch wahr. Wir teilten uns auf und robbten am Boden weiter Richtung Schuppen. Phoenix erreichte ihn als Erster. Und wenn ich mich nicht irre, war Nestor bei ihm.«

»Das stimmt.«

»Vulcano sicherte die linke Seite ab und ich die rechte. Und ...« Leonard hielt inne, so als versuchte er, sich alle Einzelheiten ins Gedächtnis zu rufen.

»Und was passierte dann?«, wollte Rick wissen.

»Der Schuppen war leer«, setzte Nestor Leonards Erzählung fort. »Aber dahinter hörten wir mehrere Hunde hecheln. Wir hatten eine wahnsinnige Angst«, erinnerte sich der Gärtner. »Schließlich sahen Phoenix und ich uns an. Wir nahmen ein paar von den Fleischbällchen in die Hand und ... gingen zum Angriff über.«

Leonard lachte plötzlich so laut auf, dass Fred auf dem Sofa zusammenzuckte.

Rick blickte erst zu Leonard und dann zu Nestor. »Und?«

»Hinter dem Geräteschuppen war ein kleines Mädchen«, sagte Nestor. »Sie hatte blondes Haar, so hell, dass es fast weiß war. Sie saß im Schneidersitz im Gras und hielt in einer Hand das Ende einer Hundeleine. Sie ließ sie am Boden im Kreis um sich herumwirbeln, und zwei Zwergpudel sprangen abwechselnd darüber, als spielten sie Seilhüpfen.« Nestor machte eine Pause. »Und als sie uns hinter der Ecke des Schuppens hervorkommen sah ... da verkrochen sich die Pudel vor Schreck unter dem Rock des Mädchens.«

»Zwei Zwergpudel«, erinnerte sich Leonard. »Fedoro und Fedora.«

»Und wer war das Mädchen?«

»Es war die Tochter des Parkwächters«, antwortete Leonard mit ungewohnt sanfter Stimme. »Es war Kalypso.«

Turtle Park Kilmore Cove
Unter dem Park

Meinst du die Buchhändlerin?«, fragte Rick.

»Ja, genau. Kalypso mit ihren niedlichen kleinen Pudeln«, antwortete Leonard und rückte sich seine Augenklappe zurecht. »Wir freundeten uns sofort mit ihr an. Kalypso ging mit uns in den Schuppen, in dem ihr Vater seine Geräte aufbewahrte. Als wir sie nach der Höhle fragten, führte sie uns zu deren Haupteingang, der jedoch zugemauert worden war. In der Mauer gab es oben einige Löcher, die waren aber so klein, dass nur die Möwen hindurchfliegen konnten, die in der Höhle nisteten. Der einzige andere Eingang war ein Brunnen in der Nähe des Geräteschuppens. Wir verbrachten den übrigen Tag und auch noch den folgenden damit, die Steinbrocken und den Schutt, mit denen man den Brunnen zugeschüttet hatte, so weit beiseitezuschaffen, dass ein schmaler Durchgang entstand. Phoenix klaute am Hafen ein Seil und wir losten aus, wem die Ehre zuteil werden sollte, als Erster in den Brunnen hinuntergelassen zu werden und die Höhle zu erkunden.«

»Black Vulcano«, erriet Rick.

»Genau. Vulcano band sich das Seil um den Bauch und wir ließen ihn vorsichtig hinab. Als er wieder zum Vorschein kam, war er kohlrabenschwarz: Er war von Kopf bis Fuß von einer Schicht aus Schlamm, Vogelkot und Ruß bedeckt. Trotzdem wollten wir alle runter.«

»Sprechen wir von der Höhle, von der aus man zu der Bahnstation gelangt?«, fragte Rick nach.

»Richtig.«

»Die, von der man in der anderen Richtung zum Mausoleum und ... zur Höhle unter der Villa Argo kommt?« Rick wollte es vorsichtshalber ganz genau wissen.

Nestor stand von seinem Stuhl auf. Er ging zur Truhe hinüber, öffnete sie und wühlte eine Weile darin herum. Dann kam er mit einer großen zusammengefalteten Karte zum Tisch zurück und breitete sie unter Ricks erstaunten Blicken aus.

Es war ein Querschnitt durch die Hügel und die Bucht, in den sämtliche Höhlen von Kilmore Cove eingezeichnet waren.

»Wir entdeckten in jenem Sommer«, begann Nestor zu erzählen, »dass unterhalb des gesamten Ortes Tunnel verliefen, die gemeinsam mit großen, natürlich entstandenen Höhlen ein zusammenhängendes System bildeten. Diese Höhle hier unter den Klippen«, erklärte er und zeigte auf die Karte, »die Höhle der *Metis,* wird durch die Brücke mit den elf Tieren mit dem Mausoleum verbunden. Durch diesen Gang kommt man zu der Rutsche. Dieser hier führt zu einem unterirdischen Abgrund, den Black und Leonard erfolglos zu erkunden versuchten.«

»Wir sind in über zweihundert Meter Tiefe hinuntergestiegen«, bestätigte Leonard, »bevor wir endgültig aufgegeben haben.«

Nestor legte einen Finger auf die Karte. »Hinter dem Mausoleum befindet sich die größte Höhle, diese hier. Sie war die erste, die wir in jenem Sommer entdeckten. Dann gibt es noch den Tunnel unter den Shamrock Hills und eine ziemlich große Öffnung unter dem Zentrum des Ortes, auf der Höhe von Kalypsos Buchladen. Sie ist über mehrere Gänge mit dem Keller von Miss Biggles, der Schule und der Konditorei *Chubber* verbunden: mit all den Orten, an denen es eine Tür zur Zeit gibt. Hier, wo der Strand eingezeichnet ist, bildet sich bei Flut immer ein Salzwassersee. Und auf dieser Seite hat Black die Gleise verlegen lassen, sodass man mit dem Zug die letzte Höhle erreicht, die ein Stück weit hinter Leonards Leuchtturm liegt.«

»Unter dem Meer«, murmelte Rick.

»Doch in jenem Sommer hätte sich das keiner von uns auch nur im Entferntesten vorstellen können«, fuhr Leonard fort. »Wir waren nur eine Gruppe von Kindern, die eine Höhle entdeckt hatte. Und als wir feststellten, dass dies Teil eines riesigen, unterirdische Systems ist, und wir William Moores Aufzug und das abgeschlossene Tor des Mausoleums fanden, kam es uns vor, als wären wir in eine Art Parallelwelt geraten, die vor langer, langer Zeit aufgebaut und dann wieder vergessen wurde. Wir brauchten eine ganze Woche, um die Höhle unter Turtle Park zu erforschen. Dann bekam Kalypsos Vater Wind von der Sache und versuchte, uns am Weitermachen zu hindern. Doch wir gaben nicht auf und drangen heimlich ins Mausoleum ein. Das war Phoenix' Verdienst: Er lieh sich einen Schlüsselbund aus, der in der Kirche aufbewahrt wurde. Warst du im Mausoleum?«

Rick nickte.

»Dann hast du ja auch die Gräber gesehen: Einige von ihnen sind im westlichen Teil untergebracht. Die ältesten Vorfahren der Familie Moore wurden dagegen im Osten bestattet, näher bei der Villa Argo.«

Nestor fuhr wieder mit dem Finger die Karte entlang. »Über die Brücke gelangt man vom Mausoleum zur Höhle der *Metis*. Doch als wir dorthin wollten, war das Tor verschlossen und auf der Brücke wehte ein heftiger Wind, der zwischen den Steinen hindurchpfiff. Wir konnten gerade noch die Tierstatuen und die Silhouette der Brücke erkennen.«

»Die Tür zur Zeit war verschlossen«, ahnte Rick.

»Genau, aber wir wussten noch nichts von der Existenz der Türen«, erklärte Leonard. »Es dauerte jedoch nicht lange, bis wir auch das herausfanden. Dank einer Holzschatulle, wenn ich mich richtig erinnere.«

Nestor nickte. »Sie war im Mausoleum unter dem Grab von Raymond und Fiona versteckt.«

»Was für eine Holzschatulle?«, fragte Rick.

Wieder stand der Gärtner auf und ging zur Truhe. Dieses Mal kam er mit einer Kassette zurück. Der untere Teil war von Salz und Wasser stark beschädigt worden, während der obere noch ziemlich intakt wirkte. Dort waren Frauengesichter eingeschnitzt. In das kunstvoll gearbeitete Schloss waren die Initialen R. und M. eingraviert.

»Raymond Moore«, sagte Rick leise. Er öffnete die Schatulle: Sie war leer. Innen war sie mit roter Seide ausgeschlagen und in sieben gleich große Fächer eingeteilt, alle mit kleinen, durchnummerierten Elfenbeinschildern versehen. Das Meer hatte auch die Seide teilweise zerstört, sodass darunter das Holz zum Vorschein kam. Das Schild mit der Nummer fünf fehlte.

»Ich verstehe nicht ...«, sagte Rick.

»Diese Schatulle wurde am Strand angespült. Ein Fischer fand sie. Offenbar hatte sie jemand ins Meer geworfen ...«

»Mein Vater?«, fragte Rick vorsichtig.

»Oh nein!«, antwortete Leonard. »Wir haben sie 1958 gefunden. Dein Vater hatte mit dieser Schatulle nichts zu tun. Zumindest damals nicht.«

Rick runzelte die Stirn.

»Der Fischer, der sie fand, erkannte die Initialen der Familie Moore. Und weil die Villa Argo damals unbewohnt war, wurde die Schatulle ins Mausoleum gebracht und vergessen.«

»Und dort haben wir sie gefunden«, schloss Nestor.

»Und was war darin?«, wollte Rick wissen.

Die beiden Männer sahen sich an. Sie erinnerten sich nur zu gut an ihren alten Schwur. Dann aber sagte Leonard: »Sieben Schlüssel: Pferd, Löwe, Mammut, Katze, Affe, Wal und Drache. Ich weiß noch, wie wir alle im Turtle Park im Gras saßen und sie bewunderten. Jeder wollte sie berühren und sie sich ganz genau anschauen. ›Das ist der Schatz, von dem ich euch erzählt habe‹, sagte Klytämnestra zu uns.«

»Und was habt ihr mit ihnen gemacht?«

»Das, was uns damals am logischsten erschien«, sagte Leonard. »Wir teilten sie unter uns auf und schworen uns, über unser Abenteuer bis in alle Ewigkeit zu schweigen. Ich wählte den Schlüssel mit dem Mammut.«

»Black den mit dem Pferd«, erinnerte sich Nestor.

»Klytämnestra den Katzenschlüssel, den sie später an Oblivia weitergab.«

»Peter Dedalus den Löwen«, vermutete Rick.

»Pater Phoenix nahm den Schlüssel mit dem Affen, Kalypso den mit dem Wal.«

»Und du?«, fragte Rick Nestor.

»Den Drachen.«

Eine Weile herrschte Schweigen, bis Rick fragte: »Und die anderen Schlüssel? Die vier Schlüssel der Villa Argo? Dachs, Reh, Esel, Hase?«

»Sie waren nicht in der Schatulle.«

»Und wo waren sie?«

»Sie warteten«, erwiderte Nestor.

»Worauf?«, fragte Rick leise.

»Dass die Villa Argo einen neuen Besitzer bekam.«

»Die vier Schlüssel kamen zwölf Jahre später«, erzählte der Gärtner weiter. »Als mein Großvater gestorben war und ich mit meinem Vater herzog. Sie waren in einem hübschen kleinen Paket, das an den ›hoch geschätzten Eigentümer der Villa Argo‹ adressiert war. Mein Vater ließ es mich öffnen.«

Rick schüttelte fassungslos den Kopf. »Genauso war es auch bei Julia und Jason.«

»Sehr richtig«, bestätigte Nestor mit einem bitteren Lächeln.

Rick nahm die Taucheruhr in die Hand, die vor ihm auf dem Tisch gelegen hatte. »Und was hat mein Vater mit alldem zu tun?«

»Die Schatulle mit den sieben Schlüsseln konnte am Strand angespült werden«, erklärte Leonard, »weil jemand sie ins Meer geworfen hatte. Oder dort versteckt hatte.«

»Raymond Moore?«, riet Rick.

»Aus Gründen, die wir nicht kennen, hatte derjenige, der die Türen und Schüssel wiederentdeckt hat, beschlossen, andere daran zu hindern, sie zu benutzen.«

»Wie bei uns«, stellte Rick fest. »Indem ihr die Eisenbahn stillgelegt, die Straßenschilder entfernt, die Reiseführer aus dem Verkehr gezogen habt.«

»Stimmt.« Nestor nickte.

»Und das war dumm«, gab Leonard zu.

»Warum?«, fragte Rick.

»Weil wir das nicht hätten tun sollen«, antwortete der Leuchtturmwärter.

Nestor packte ihn am Handgelenk. »Wir brauchen nicht schon wieder darüber zu diskutieren, was wir hätten tun und was wir hätten lassen sollen.«

»Ach ja?«, polterte Leonard. »Soll ich dich vielleicht dafür beglückwünschen, wie toll du uns auf die Nerven gegangen bist, bis wir sämtliche Karten, Bücher, Gedichte und Zitate, in denen Kilmore Cove nur erwähnt wurde, zusammengesucht und vernichtet hatten? Und zwar nicht nur die aus unserer Zeit, sondern sämtliche Hinweise, auch die aus der Vergangenheit. Und anschließend alles über die Orte, die untereinander durch die Türen zur Zeit verbunden sind?«

»Wie zum Beispiel alte Urkunden in der Bibliothek von Punt?«, mischte sich Rick ein.

»Die auch, natürlich!«, sagte Leonard wütend.

»Leonard, das reicht! Wir haben gearbeitet, während du ...«

»Während ich was?«, entgegnete Leonard und lehnte sich über den Tisch zu Nestor hinüber.

Der alte Gärtner wich nicht zurück, sondern senkte den Kopf wie ein Stier, sodass die beiden über den Tisch hinweg mit den Köpfen gegeneinanderstießen. Nestor war so angespannt, dass seine Venen an den Schläfen dick hervortraten.

»Du warst so unglaublich stur und hast immer weitergemacht, auch dann noch, als wegen der Türen zur Zeit Menschen gestorben sind! Ich dagegen ...«

Genau in diesem Augenblick klopfte jemand an die Tür.

Rick, Nestor und Leonard zuckten gleichzeitig zusammen. Überrascht ließen die beiden Streitenden voneinander ab, während sich Rick umsah, als sei er soeben erst in die wirkliche Welt zurückgekehrt.

Er schaute auf seine Uhr. »Oh verflixt! Mama sucht mich sicher schon!«

Nestor faltete die Karte wieder zusammen, rollte die Leinwand ein und legte beides zurück in die Truhe. Leonard stand auf, um die Tür zu öffnen, wie er es auch schon ein paar Stunden zuvor getan hatte, als Rick und kurz nach ihm Fred Halbwach gekommen waren.

»Ich wusste gar nicht, dass du eine Party veranstaltest, Nestor ...«, bemerkte Leonard ironisch.

Der Gärtner riss die Tür auf und schaute überrascht auf. »Mich soll doch gleich ein Wal verschlingen ...!«

»Wer ist es denn?«, fragte Nestor.

»Wenn dieses bärtige Relikt hier vor mir nicht der alte Black Vulcano ist!«, rief Leonard so laut, dass sich seine Stimme beinahe überschlug.

»Hallo, Leonard!«, rief Black Vulcano und umarmte den Leuchtturmwärter. »Ich sehe mit Freude, dass ihr euch wieder vertragen habt.« Er betrat das Haus gemeinsam mit einer Chinesin in einem blauen Seidenkleid. »Was ist denn bei euch los? Wer sind die Fremden, die in der Villa Argo wohnen? Ach, entschuldigt bitte: Das hier ist meine Assistentin Zan-Zan. Hört mal, ich habe Peters Nachricht bekommen und ...« Erst in diesem Moment schien der ehemalige Stationsvorsteher von Kilmore Cove Ricks Anwesenheit zu bemerken. Er hörte mitten im Satz auf zu sprechen, stemmte die Hände in die Hüften und fragte: »Und wer bist du?«

Der Karpfengraben

Julia zitterte vor Kälte und die Verzweiflung in ihr wuchs. Ihre Hoffnung, dass Jason sie befreien würde, schwand von Stunde zu Stunde.

»Wer ist das?«, fragte Oblivia und zeigte auf Rigobert, der unermüdlich in der Zelle herumschlurfte.

»Ich weiß es nicht«, antwortete Julia.

Die Holzpritsche, auf der Oblivia lag, knarzte. »Und warum seid ihr dann zusammen hergekommen?«

»Der Alte ist mir gefolgt«, antwortete Julia. »Und als mich die Soldaten festgenommen haben, haben sie auch ihn erwischt.«

»Soldaten!«, keifte Manfred und schlug mit der Faust gegen die Steinmauer.

»Jetzt reiß dich doch mal zusammen!«, giftete Oblivia Manfred an und stand von der Pritsche auf. Sie sah mitgenommen aus. Ihre sonst perfekt manikürten Fingernägel waren abgebrochen und ihre Arme und Beine wirkten krankhaft dünn.

Julia lehnte sich an die Wand und versuchte, sich so auf den Saum ihres Kittels zu hocken, dass der raue Stoff ihre Füße vor dem kalten Boden schützte.

»Sie haben mir alle meine Schlüssel weggenommen«, beklagte sich Oblivia, »und sie in eine Truhe geworfen. Nach alldem, was ich durchgemacht habe, um sie zu finden ...«

Es versetzte Julia einen Stich, Oblivia von *ihren* Schlüsseln sprechen zu hören. »Es sind nicht *deine* Schlüssel«, zischte sie.

»Ach nein?«, erwiderte Oblivia. Ihre Stimme klang ungewohnt kraftlos.

»Wir haben sie gefunden. Jason, Rick und ich«, fuhr Julia fort. »Auf der Post.«

»Ja klar: Ihr seid zum Schalter gegangen und habt vier Schlüssel verlangt, mit denen man die Tür zur Zeit aufschließen kann.«

»So ungefähr. Wir hatten einen Abholschein für ein Päckchen, das an den ›hoch geschätzten Eigentümer der Villa Argo‹ adressiert war.«

»Also eigentlich an euren Vater. Oder an denjenigen, dem Homer das Haus verkauft hat.«

»Homer?«, fragte Julia.

»Der Architekt aus London. Der von *Homer & Homer.* Er hat gemeinsam mit dem Gärtner das Erbe verwaltet«, sagte Oblivia. »Er war derjenige, der mein Geld nicht haben wollte und stattdessen euch ausgesucht hat.«

»Ich hasse Polizisten!«, rief Manfred und schlug dabei ein weiteres Mal gegen die Wand.

»Es war ein Fehler hierherzukommen«, fuhr Oblivia fort. »Ich hätte mich mit den Schlüsseln zufriedengeben sollen, die ich schon hatte, und umsichtiger darauf hinarbeiten sollen, mir die übrigen zu beschaffen. Ich hätte mich mehr um die einzige Person bemühen müssen, die überhaupt bereit war, mit mir zu sprechen.«

»Meinen Sie Peter?«

»Wen denn sonst? Ist es dir etwa gelungen, mit Ulysses Moore zu reden? Oder mit einem seiner Freunde?«

»Nein, eigentlich nicht«, gab Julia zu.

»Und hast du dich jemals gefragt, warum das so ist? Ich werde dir sagen warum: weil sie alle unter Verfolgungswahn leiden und beschlossen haben, das Geheimnis des Ortes für sich zu behalten. Was haben sie nur alle gegen mich?«

Jetzt sah Oblivia Julia direkt ins Gesicht. Sie klopfte mit einem Finger gegen ihre Schläfe. »Ja, ich gebe es zu: Für mich sind die Türen zur Zeit eine fantastische Geschäftsidee. Inzwischen kann man sich jede Art von Urlaub kaufen: Bildungsurlaub in der Stadt, Erholungsurlaub auf einer einsamen Insel. Wäre es nicht toll, eine Woche im Alten Ägypten zu verbringen? Meinetwegen könnte man den Touristen jede Menge Vorschriften machen: keine Nagelscheren, keine Parfümflaschen, keine Fotoapparate mit Blitzlicht. Was ist denn so schlimm daran, wenn jemand ein heruntergekommenes Fischerdorf in einen blühenden Urlaubsort verwandeln will?« Aufgebracht lief Oblivia in der Zelle auf und ab. »Dieser Ulysses Moore ... treibt mich wirklich in den Wahnsinn. Und dann noch diese Geschichte mit dem Ersten Schlüssel! Der Erste Schlüssel!« Oblivia umklammerte die Gitterstäbe des Fensters und sah sehnsüchtig hinaus. »Jetzt ist mir alles egal, der Erste Schlüssel genauso wie dieser Black Vulcano!«

»Er ist weg«, sagte Julia und konnte dadurch Oblivias Aufmerksamkeit für einen kurzen Moment auf sich lenken. »Wir sind in seinem Labor gewesen, aber dort haben wir weder eine Spur von ihm noch vom Ersten Schlüssel gefunden.«

»Aber sicher!«, redete Oblivia weiter, als hätte sie nicht gehört, was Julia zuletzt gesagt hatte. »Ich würde auf alles verzichten, auf alles! Wenn ich nur aus dieser widerlichen Zelle herauskäme! Habt ihr mich gehört?«, kreischte sie. »Behaltet eure Schlüssel und lasst mich nach Hause gehen!«

»Das ist ja ekelhaft«, sagte Manfred, der Rigobert die ganz Zeit beobachtet hatte.

Der Knall eines auf den Fußboden aufprallenden Steins ließ Julia und Oblivia herumfahren.

»Pfui Teufel!«, schrie Manfred. »Das stinkt ja entsetzlich!«

Ein grässlicher Fäulnisgeruch breitete sich in der Zelle aus.

»Oh nein!«, jammerte Oblivia.

Julia schloss die Augen und zog sich den Jutekittel über die Nase.

Manfred bekam einen Hustenanfall.

»Rigobert?«, fragte Julia. »Was machst du da?«

»Ich habe einen Fluchtweg gefunden«, antwortete der Dieb ruhig.

Sie standen zu dritt um das Loch im Fußboden herum, aus dem der ekelhafte Geruch in Schwaden aufstieg. Es war breit genug, um hineinzusteigen, und schien sehr tief zu sein.

»Du machst Witze, oder?«, stammelte Oblivia, die sich die Nase zuhielt.

Der Abflussdieb schüttelte den Kopf. Er kniete neben der durchlöcherten Steinplatte, die als Abdeckung der Latrine diente, und riet ihnen, still zu sein und zu lauschen.

»Mach das sofort wieder zu«, befahl Manfred.

»Nein«, sagte Julia. »Rigobert hat recht. Hört doch mal!«

»Mach das zu, oder ...«

»Willst du endlich still sein, du Trottel?«, herrschte Oblivia ihren ehemaligen Chauffeur an.

Manfred ballte die Fäuste und sah seine Chefin hasserfüllt an.

»Ist das, was da rauscht, Wasser?«, fragte Julia.

»Ja«, antwortete der alte Dieb. »Die Abflüsse der Zelle führen alle zu einem größeren Ablauf, in den auch das Wasser aus dem Karpfengraben fließt.«

»Wenn darin Fische leben«, überlegte Julia, »müsste das Wasser eigentlich sauber sein.«

»Richtig«, bestätigte Rigobert.

»Euch ist aber schon klar, dass wir keine Fische sind«, sagte Oblivia. »Wir können nicht unter Wasser atmen.«

»Im großen Abfluss gibt es Luft«, erklärte Rigobert. »Nicht viel, aber genug.« Er deutete mit den Händen einen Abstand von ungefähr zwanzig Zentimetern an.

Julia hockte sich wieder auf den Fußboden. »Warst du schon dort?«

»Einmal«, sagte der Dieb.

»Und wie ist es da?«

»Bis zum Wasserfall stinkt es furchtbar. Man muss schwimmen und die Luft anhalten. Dann geht es abwärts und es riecht besser. Man kommt zu einem See und dort kann man dann aus dem Wasser steigen. Der schwierigste Teil ist dieser hier.« Er zeigte auf das Loch der Latrine. »Es ist eng und man muss sich nach unten stemmen.«

Julia schluckte. »Wie tief ist es?«

»Dreimal so hoch wie ich.«

»Vergiss es«, sagte Oblivia entsetzt und starrte das Loch an. »Ich passe nicht dadurch.«

Rigobert sah alle der Reihe nach prüfend an. »Er passt nicht rein«, schloss er und deutete auf Manfred.

»Lass mich bloß in Ruhe«, gab der zurück.

»Du schon«, sagte Rigobert zu Julia. »Und du auch, wenn du dir etwas Mühe gibst«, meinte er schließlich an Oblivia gewandt.

»Nein, ich will nicht«, beschloss die Unternehmerin. »Ich habe nicht die Absicht, in einem unterirdischen Abfluss zu ersticken.« Ein kalter Schauer lief ihr über den Rücken. »Allein schon bei dem Gedanken wird mir schlecht.«

Julia bekam bei der Vorstellung, in dieses Loch hinunterzusteigen, ebenfalls eine Gänsehaut.

Rigobert zuckte mit den Schultern. »Das hier ist der einzige Ausweg. Ich gehe jetzt. Wer will, kann mitkommen.«

Julia biss sich auf die Unterlippe. »Weißt du, wie man zum Kreuzgang der Verlorenen Zeit gelangt?«, fragte sie Rigobert. Es war der Treffpunkt, den sie für den Notfall mit Jason vereinbart hatte, bevor sie sich im Webstuhl versteckt hatten.

»Ja«, antwortete der Dieb.

»Wenn ich dir folge, kannst du mich dann dahin bringen?«

»Hey! Langsam, langsam«, mischte sich Oblivia ein. Sie packte Rigobert bei den schmalen Schultern. »Könntest du nicht einfach durch das Loch fliehen und uns dann befreien?«

»Nein«, erwiderte der Dieb. »Das ist zu gefährlich. Niemand, der aus dem Gefängnis entkommen konnte, würde freiwillig dorthin zurückkehren.«

»Aber ich würde dich dafür bezahlen!« Oblivias Stimme nahm einen hysterischen Unterton an.

Rigobert schüttelte den Kopf und löste sich schnell aus Oblivias Griff. »Ich gehe jetzt.« Er setzte sich auf den Rand des Lochs.

»Mädchen, was ist mit dir? Wirst du zurückkommen und mich befreien?«, fragte Oblivia.

Manfred hüstelte, um seine Chefin daran zu erinnern, dass er auch noch da war.

Julia wusste nicht, was sie antworten sollte.

»Du wirst uns doch nicht hier drinnen verfaulen lassen, oder? Du bist ein gutes Mädchen, nicht wahr?«, fuhr Oblivia fort.

»Ich gehe jetzt« verkündete Rigobert noch einmal und verschwand in dem Loch.

Mit einem Satz war Julia neben der Latrine. »Warte!«, rief sie und ließ sich mit eng an den Körper gepressten Armen in den grauenvoll stinkenden Schacht hinunter. »Ich schaffe es«, murmelte sie vor sich hin. Der Gestank wurde immer unerträglicher und Julias Magen begann zu rebellieren. »Ich schaffe es ... Ich schaffe es«, wiederholte sie.

»Natürlich schaffst du es!«, rief Oblivia, die plötzlich oben am Latrinenrand aufgetaucht war. »Komm bitte nachher zu uns zurück, ja? Ich werde dir dann alle Schlüssel geben! Alle!« Das nun immer lauter werdende Rauschen des Wassers überdeckte Oblivias Stimme.

Julia kämpfte gegen ihre Übelkeit an. Immer tiefer rutschte sie im Schacht hinunter, bis ihre Zehen plötzlich den Kontakt mit den Schachtwänden verloren und sie in einen wilden Strom stürzte.

Mit einem kräftigen Schwimmstoß erreichte sie die Oberfläche. Sie öffnete die Augen, holte tief Luft und tastete im Dunkeln die Oberseite des unterirdischen Kanals ab. Es war gerade so viel Platz, dass sie Mund und Nase aus dem Wasser strecken konnte. Ihr Herz klopfte wie wild. »Rigobert!«, rief sie.

Etwas Kaltes packte sie an der Hand. Julia schrie erschrocken auf. Dann erst merkte sie, dass es Rigobert war, der sie festhielt.

»Hast du das gehört?«, sagte Oblivia zu Manfred.

»Nein«, erwiderte dieser.

»Wozu frage ich dich überhaupt?«, spottete sie. »Du würdest nicht einmal … nicht einmal …« Ihr fiel einfach kein Vergleich ein, mit dem sie ihre ganze Verachtung ausdrücken konnte. Deshalb beschränkte sie sich auf die Feststellung: »Das Mädchen ist unten angekommen.« Dann drehte sie sich um. »Sie hat es geschafft! Es ist wirklich möglich! Und jetzt fliehen sie! Sie sind dabei, aus diesem ekelhaften Gefängnis zu entkommen!« Oblivia schien sich in einen hysterischen Anfall hineinzusteigern.

»Super«, entgegnete Manfred kühl.

»Ah, da spricht Supermann! Warum unternimmst du nichts, Manfred?«

»Ich passe nicht in dieses stinkende Loch.«

»Ach, es ist dir wohl nicht fein genug!«, schimpfte Oblivia. »Vielleicht erinnerst du dich daran, aus welchem stinkenden Loch ich dich damals geholt habe.«

»Ich hatte einen ganz normalen Beruf«, entgegnete Manfred und verschränkte die Arme vor der Brust.

»Verstehe. Und um ein bisschen was dazuzuverdienen, hast du Münzen aus Gullys gefischt.«

»Du kannst dir gar nicht vorstellen, wie viel dabei im Laufe eines Tages zusammenkam.«

»Du bist ein Versager! Ein vollkommen nutzloser Versager«, zischte Oblivia. »Ich verfluche den Tag, an dem ich dich aus der Kartei der Arbeitsvermittlung für ehemalige Sträflinge herausgesucht habe …« Sie beugte sich über das Loch im Boden. »Mädchen! Määäädchen! Vergiss mich niiiiicht!«, schrie sie hinunter.

»Jetzt reicht es!«, sagte Manfred. Mit entschlossenen Schritten ging er auf Oblivia zu und packte sie an den Fußknöcheln. Im nächsten Augenblick steckte sie kopfüber im Latrinenschacht.

»Manfred!«, schrie Oblivia entsetzt auf. »Lass mich sofort los!«

»Mit Vergnügen«, antwortete ihr ehemaliger Chauffeur mit einem höhnischen Lachen. »Und eine gute Reise!« Dann ließ er die Knöchel los. Er gab Oblivia noch einen Schubs und seine Chefin raste wie ein Geschoss durch den Schacht und stürzte ins Wasser.

Nur mit Mühe gelang es ihr, wieder an die Oberfläche zu kommen. »MAAAAAAANFREEEEEED!«, kreischte sie, sobald sie wieder Luft bekam.

Doch ihr Schrei verhallte in den unterirdischen Kanälen.

»Endlich habe ich mal ein bisschen Ruhe«, freute sich Manfred und machte es sich auf der Pritsche bequem.

Kriegsrat

In Nestors Gärtnerhaus ergriff Black Vulcano das Wort. »Gestern hat sich Peters Webstuhl plötzlich in Bewegung gesetzt. Zan-Zan hat sich furchtbar erschrocken. Eine Nachricht wurde gewebt. Darin wurde mir mitgeteilt, dass ich in Kürze unerwünschten Besuch bekommen würde.«

Leonard zeigte ihm Peters Brief, den Fred bei ihnen abgeliefert hatte.

»Aber ich hatte doch nie den Ersten Schlüssel!«, protestierte Black Vulcano.

»Leonard hat erzählt, dass er ihn heute Abend gefunden hat, in einem Wrack vor der Küste«, erklärte Rick.

»In der *Fiona*«, sagte Minaxo.

»Der *Fiona?*« Black Vulcano hatte seine Augen weit aufgerissen. »Du hast sie wirklich entdeckt?«

Leonard nickte und sein Gesicht verdüsterte sich. »Ich war jedoch nicht der Erste. Aber jetzt erzähl du erst mal zu Ende.« Er schaute Black an.

»Sobald ich die Nachricht erhalten hatte, wollte ich sämtliche Schlüssel einstecken und mich auf den Weg machen.« Er zeigte auf ein Etui, in dem die Schlüssel mit dem Pferd, dem Wal, dem Drachen, dem Mammut und dem Affen steckten. »Allerdings konnte ich die vier Schlüssel der Villa Argo nicht finden: Dachs, Reh, Esel und Hase. Ich hatte die Schachtel mit den vier Schlüsseln an einem sicheren Ort versteckt. Trotzdem sind sie verschwunden.«

»Und in Kilmore Cove wieder aufgetaucht.«

»Wirklich?«, staunte Black Vulcano.

»Es ist genauso gewesen wie beim letzten Mal«, sagte Leonard.

Nestor stützte die Hände auf den Knien ab und erhob sich. »Richtig. Wie beim letzten Mal. Aber über die Schlüssel können wir später nachdenken. Im Augenblick dürften alle fehlenden Schlüssel bei Oblivia und den Kindern im Garten des Priesters Johannes sein, also dort, wo du gerade herkommst.«

»Und da ist noch eine Sache, die mir Rätsel aufgibt«, fuhr Black Vulcano fort. »In Peters Nachricht war von Oblivias Ankunft durch die Tür zur Zeit die Rede. Meine Soldaten haben aber nicht nur eine, sondern zwei Personen gefangen genommen. Deshalb bat ich Zan-Zan, mich zu begleiten. Auf diese Weise hoffte ich, die Tür zur Zeit für immer zu verschließen.«

»Du konntest ja nichts von Jason und Julia wissen«, wandte Nestor ein.

»Vier sind gegangen«, murmelte Rick, »und zwei sind wieder hier.«

»In Wirklichkeit gibt es noch ein drittes Rückfahrticket, Black«, sagte Leonard. »Durch die Tür, durch die du damals Kilmore Cove verlassen hast, kann eine Person zurückkehren.«

»Drei Möglichkeiten und vier Reisende.«

»Das bedeutet, dass einer von ihnen ... für immer im Garten des Priesters Johannes bleiben muss«, schloss Rick.

»Also, was schlagt ihr vor?«, fragte Black, der nervös die Hand seiner Assistentin streichelte.

Leonard ergriff das Wort. »Das Wichtigste ist, dass wir beide Türen bewachen. Wir müssen bereit sein, Oblivia und Manfred festzunehmen.«

»Dabei kann uns Zan-Zan helfen!«, rief Black Vulcano. »Zeig ihnen die Fläschchen mit dem Schlafmittel!«

Die Chinesin zog aus ihrem Rucksack fünf kleine, mit einer grünen Flüssigkeit gefüllte Flakons.

»Zan-Zan hat dieses Gebräu aus Kamille entwickelt«, erklärte der ehemalige Stationsvorsteher. »Man muss das Gläschen öffnen, den daraus aufsteigenden Dampf in Richtung der betreffenden Person pusten ... Und schon fällt diese um!« Er verteilte die Fläschchen. »Eines behalte ich, eines Zan-Zan, eines ist für dich, Leonard, eines für Nestor ... und das letzte ist für dich, kleiner Banner.« Als er Ricks Nachnamen aussprach, schien Black noch etwas hinzufügen zu wollen, doch ein bedeutungsvoller Blick von Nestor ließ ihn innehalten.

»Danke, Mister Vulcano«, sagte Rick etwas verlegen. »Ich ... ich fürchte, ich muss jetzt nach Hause gehen und mich bei meiner Mutter melden. Ich will nicht, dass sie sich Sorgen macht.« Er seufzte. »Aber ich möchte wissen, wie die Geschichte weiterging, Mister Ulysses.«

Nestor zog unwillkürlich den Kopf ein, während Black ausrief: »Ulysses? Na, ausgezeichnet!«

»Wir müssen uns aufteilen«, entschied Leonard. »Ich gehe zu der Tür auf dem Zug. Wenn ich mich nicht irre, befindet er sich noch immer unter dem Mausoleum.«

Rick nickte.

»Vielleicht nehme ich Fred mit«, meinte der Leuchtturmwärter. »Dann ist er euch aus dem Weg. Black, Nestor und Zan-Zan überwachen die Tür zur Villa Argo, während du, Rick ...«

In diesem Augenblick klingelte Nestors Telefon.

»Wer kann das um diese Zeit bloß sein?«, fragte sich der Gärtner laut, bevor er abhob. »Hallo? Ja, ich bin's. Ach, guten Abend, Phoenix.«

Die anderen sahen einander erstaunt an.

Was mochte Pater Phoenix um diese Zeit von Nestor wollen?

»Nein, Rick ist hier bei mir. Es geht ihm ausgezeichnet. Nein, kein Problem, überhaupt nicht. Ach so! ... Nein, ich glaube nicht ...« Nestor deckte den Hörer mit der Hand ab und fragte Rick, wann er das letzte Mal etwas von seiner Mutter gehört hatte.

»Ich habe versucht, sie anzurufen«, erwiderte er. »Aber sie ist nicht ans Telefon gegangen.«

»Phoenix?«, sagte Nestor in den Hörer. »Sie haben sich offenbar verpasst. Oje, na klar, wir kommen sofort.« Er hängte rasch auf und erklärte Rick: »Pater Phoenix ist bei euch zu Hause, weil alle Lichter brannten und die Haustür offen stand. Er konnte deine Mutter aber nirgends finden.«

»Oh«, sagte Rick.

Nestor holte seine Jacke von der Garderobe, öffnete eine Schublade, nahm einen Schlüsselbund heraus und ging zur Tür. »Machen wir es so«, sagte er. »Black, du und deine Assistentin, ihr zwei bewacht die Tür in der Villa Argo. Rick und ich gehen kurz hinunter in den Ort.«

Rick folgte Nestor zur Garage. Der Gärtner stemmte das Garagentor hoch und steuerte auf das alte Motorrad mit dem Beiwagen zu.

Die Unbekannten

Drei triefnasse Gestalten hielten sich an der untersten Stufe einer in die Steinwand gehauenen Treppe fest. Nacheinander stiegen sie aus dem Wasser. Als Erster kam Rigobert, dann folgte Julia, die Oblivia dabei half, den stinkenden unterirdischen See zu verlassen. Schweigend bogen sie in einen schmalen Gang ein, der an der Festungsmauer endete. Rigobert deutete auf eine zweite Treppe, die zu einem Gitter führte, durch das man hinausschauen konnte. Allein schon der Anblick des Nachthimmels und der Sterne gab Julia das Gefühl, ihre Freiheit wiedererlangt zu haben.

»Bis zu dem Kreuzgang ist es nicht mehr weit«, erklärte Rigobert.

In der kühlen Luft fingen sie sofort an zu frieren. Dennoch lachten alle drei erst einmal vor Erleichterung auf. Das Gefängnis zeichnete sich dunkel vor dem Nachthimmel ab. Es würde sicher nicht leicht werden, sich die Schlüssel zurückzuholen und Manfred zu befreien.

»Ich finde, wir sollten jetzt nach Kilmore Cove zurückkehren«, schlug Oblivia vor. »Die Schlüssel können warten. Und Manfred kann meinetwegen da drin vergammeln.«

»Sie haben nicht nur die Schlüssel, sondern auch mein Notizbuch«, sagte Julia.

»Auf jeden Fall sollten wir nicht hier herumstehen«, meinte Oblivia. »Und bevor wir irgendetwas unternehmen, müssen wir uns erst mal waschen. So wie wir stinken, kann man uns kilometerweit riechen.«

»Das stimmt«, gab Julia zu.

Rigobert schmiegte sich eng an die Wand und schlich ein paar Schritte weiter. »Hier entlang«, flüsterte er.

Julia ging hinter Oblivia und hatte so die Gelegenheit, sich ihre Gegnerin im Kampf um die Schlüssel in aller Ruhe anzusehen. So nass und schmutzig wirkte sie gar nicht mehr wie eine gefährliche, skrupellose Unternehmerin, sondern nur noch wie eine ziemlich überdrehte und furchtbar dünne Frau.

Dann dachte Julia an ihren Bruder. Sie hoffte so sehr, dass er im Kreuzgang auf sie wartete oder ihr zumindest eine Nachricht hinterlassen hatte. Was die Schlüssel und das Notizbuch betraf ... »Eins nach dem anderen«, murmelte sie.

»Was hast du gesagt, Mäuschen?«, fragte Oblivia, die sich umgedreht hatte.

»Kann ich Sie etwas fragen?« Julia hatte beschlossen, so zu tun, als hätte sie das »Mäuschen« nicht gehört.

»Sicher.«

»Da gibt es etwas, das ich nicht verstanden habe«, begann Julia. »Als Sie meinem Bruder und Rick die Karte von Kilmore Cove gestohlen haben ...«

»Ach ja!« Oblivia wurde sofort hellhörig. »Es tut mir leid wegen der Karte. Es war ... Ja, es war irgendwie ein Missverständnis. Vielleicht bin ich nicht richtig auf die Jungen eingegangen, aber ...«

»Was ich nicht kapiert habe«, unterbrach Julia sie, »wie konnten Sie überhaupt wissen, dass es im Land Punt eine

Karte von Kilmore Cove gab?« Jason, Rick und sie hatten von der Existenz dieser Karte durch Ulysses Moores Notizbuch erfahren und sie nur dank der Hilfe von Maruk, einem Mädchen aus Punt, gefunden.

»Ach, meine Mutter hat mir davon erzählt, als sie mir den Schlüssel gab.«

»Ihre Mutter?«

»Natürlich«, antwortete Oblivia. »Warum hätte ich sonst in ein Kaff wie Kilmore Cove ziehen sollen, nachdem ich mir ein millionenschweres Wirtschaftsimperium aufgebaut hatte?«

Julia war so überrascht, dass sie auf dem Kopfsteinpflaster beinahe ausrutschte. Entschuldigen Sie, aber wer war denn Ihre Mutter? «, fragte sie.

Black Vulcano sah noch zu, wie Nestor und Rick unter lautem Motorengebrumm auf die Küstenstraße bogen, bevor er sich von Leonard verabschiedete, der sich gemeinsam mit einem sehr verschlafenen Fred Halbwach auf den Weg machte.

Dann ging er zurück in die Villa Argo. Er versuchte Zan-Zan all das zu erklären, was sie soeben gesehen und gehört hatte. Zan-Zan war in einer mittelalterlichen Welt aufgewachsen. Allein schon der Gang durch die modern eingerichtete Küche musste sie sehr verwirrt haben: die bunten Lämpchen, Hähne, aus denen warmes Wasser kam, Schalter, mit denen man Räume hell und wieder dunkel machen konnte.

»Ich möchte jetzt gern mal was nachschauen«, sagte Black Vulcano und stieg in den ersten Stock hinauf.

Zan-Zan folgte ihm in einen Raum, dessen Boden und Wände mit hellen Marmorplatten verkleidet waren. Black warf einen prüfenden Blick auf die Badewanne, entschied sich dann aber für die Dusche und stellte schon mal das Wasser an.

»Hmm«, meinte er genießerisch, als er seine Hand unter den warmen Strahl hielt. »Genau das brauche ich jetzt! Eine schöne, heiße Dusche!« Er legte die Mönchskutte ab. »Möchtest du es zuerst ausprobieren?«

Doch Zan-Zan schüttelte den Kopf. Den seltsamen, dampfenden Regen fand sie alles andere als einladend.

»Ich brauche nicht lange«, versprach Black Vulcano und verschwand in der Duschkabine. »Hahahahaha«, lachte er vergnügt. »Pass du bitte auf, ob diese Oblivia durch die Tür kommt. Und wenn, dann schickst du sie ins Land der Träume, so wie die anderen auch. Uhuhuhuhuh, tut das gut!«

Zan-Zan nickte und ging rückwärts aus dem Badezimmer.

»Warte! Noch etwas!«, rief Black und streckte den Arm aus der Duschkabine heraus. »Könntest du mir bitte schnell das Shampoo geben?«

Der alte Rigobert, Oblivia und Julia kletterten auf den Wehrgang, erreichten die Terrasse, auf der von dem Feuer inzwischen nur noch rauchende Asche übrig war, öffneten ein Tor und stiegen schließlich die Treppe hinunter, die zum Kreuzgang der Verlorenen Zeit führte.

»Hier haben wir Black Vulcano und seine Assistentin gesehen«, erinnerte sich Julia, als sie an den beiden Nischen mit den großen Vasen vorbeikamen.

»Hm«, machte Oblivia, die mit ihren Gedanken ganz woanders war.

Obwohl Julia wusste, dass es nicht sehr wahrscheinlich war, rechnete sie jeden Moment damit, ihren Bruder zu sehen. Doch als sie den Kreuzgang erreichten, fehlte von Jason jede Spur. »Und jetzt?«, fragte sie und sah sich um, ob irgendwo eine Nachricht für sie lag.

Oblivia beachtete sie jedoch gar nicht. Sie eilte auf die Tür zur Zeit zu, die sich auf der anderen Seite des Kreuzgangs befand. Nur einmal blieb sie kurz stehen, um sich den Abdruck eines Turnschuhs auf dem Kiesweg genauer anzusehen. »Annahme bestätigt«, murmelte sie leise vor sich hin. »Black Vulcano ist zur Villa Argo zurückgekehrt.«

»Oblivia!« Julia und Rigobert liefen ihr nach. »Was haben Sie vor?«

»Ich gehe nach Hause«, antwortete sie.

»Das dürfen Sie nicht!«, protestierte Julia. »Wir haben die Schlüssel nicht. Ohne sie können wir nie mehr hierher zurückkehren.«

Oblivia ärgerte sich darüber, dass dieses Mädchen glaubte, ihr Vorschriften machen zu dürfen. »Es ist der Moment gekommen, uns zu trennen. Ich breche nach Kilmore Cove auf. Du dagegen bleibst hier, suchst nach deinem Bruder und besorgst die Schlüssel. Auch meine. Solltest du sie nicht finden, dann lass dir von Ulysses Moore, von Peter, von Black Vulcano oder von sonst irgendjemand helfen. Ich will von der ganzen Geschichte nichts mehr wissen.« Das stimmte nicht ganz, denn wenn Black Vulcano mit dem Ersten Schlüssel nach Kilmore Cove zurückgekehrt war, würde sie mit ihm sämtliche Türen öffnen können. Aber Oblivia hatte keine Lust, alle ihre Pläne offenzulegen. Sie fand, sie hatte jetzt genug gesagt. Zufrieden lehnte sie sich gegen den Türrahmen und fügte hinzu: »Und wenn du willst, kannst du auch Manfred behalten. Ich überlasse ihn dir gerne.«

»Oblivia!«, schrie Julia.

Doch Miss Newton ging, ohne sich noch einmal umzudrehen, durch die Tür zur Zeit.

Als sie die Tür des Badezimmers der Villa Argo hinter sich geschlossen hatte, hörte Zan-Zan unten im Haus eine Frauenstimme, die nach jemandem rief. Black sang unter der Dusche und hatte sicher nichts mitbekommen.

Mit dem Schlafmittelflakon in der Hand schlich Zan-Zan die Treppe hinunter. Wieder hörte sie die Stimme.

Eine Frau stand auf der Terrasse.

Blacks Assistentin schlich bis zu den Glastüren, von denen aus man in den Garten gelangte, und schaute hinaus.

Jetzt war die fremde Frau nur noch wenige Schritte von ihr entfernt. Sie sah sich um, als suche sie jemanden.

Zan-Zan öffnete leise eine Tür und ließ sie einen Spaltbreit offen stehen, sodass sie zum Eintreten einlud. Sie wartete, bis die Frau in ihre Reichweite kam, und blies ihr dann eine grüne Wolke ins Gesicht.

»Rick?«, konnte Patricia Banner gerade noch rufen. Dann sank sie betäubt zu Boden.

Auf der anderen Seite der Tür zur Zeit sagte Julia zu Rigobert: »Ich hätte nicht gedacht, dass sie es wirklich tun würde.«

»Es kam mir nicht so vor, als hätte sie etwas Schlimmes gemacht«, meinte der alte Mann und ging auf die Tür zu.

»Nein!«, schrie Julia. »Öffne sie nicht!«

»Warum denn nicht?«, fragte der Dieb erstaunt. »Was soll denn an dieser Tür so besonders sein?«

»Glaub mir, wir haben jetzt keine Zeit für Erklärungen.« In Julias Kopf schwirrten in diesem Augenblick die verschiedensten, einander widersprechenden Ideen herum.

Plan Nummer eins: Oblivia folgen. In der Villa Argo würden ihre Eltern sein und ihr helfen. Aber wie konnte sie Rigobert daran hindern, mit ihr zu kommen? Und was war mit Jason? Konnte sie ihn an so einem Ort alleinlassen?

Plan Nummer zwei: Auf Jason warten und sich mit ihm gemeinsam die Schlüssel und das Notizbuch zurückholen. Zuvor aber musste sie Rigobert dazu bringen, ihr zu helfen und nicht durch die Tür zur Zeit zu gehen.

Plan Nummer drei: So schnell wie möglich den Kreuzgang verlassen und irgendwo ein warmes Bad nehmen.

Während sie immer noch versuchte, sich zu einem Entschluss durchzuringen, hatte sich der alte Dieb die Umgebung der Tür genauer angesehen.

»Hier scheint in letzter Zeit ziemlich viel los gewesen zu sein«, murmelte er und beugte sich über die Fußabdrücke im Kies. »Mindestens drei Personen ...«

»Drei Personen?«, fragte Julia entsetzt. Ein schrecklicher Gedanke schoss ihr durch den Kopf: Black Vulcano, seine chinesische Assistentin und Oblivia Newton ... Wenn sie alle drei durch die Tür gegangen waren ... »Es kann nur noch einer zurückkehren«, sagte sie leise, den Blick auf die Tür zur Zeit gerichtet.

»Was?« Rigobert hob den Kopf. Verblüfft kniff er ein paarmal die Augen zu und öffnete sie wieder: Das Mädchen war verschwunden.

Er richtete sich auf und ging zur Tür. Er versuchte, sie zu öffnen. Es ging nicht. Sie war verschlossen.

Diebe und Wachen

Zwei flinke Schatten flitzten auf den Wehrgängen entlang, stiegen Treppen hinauf und hinunter und durchquerten zahllose mondbeschienene Innenhöfe.

Als sie in die Nähe des hässlichen Gebäudes kamen, in dem sich die Zellen befanden, zeigte Dagobert Jason die fünf Münzen, die er im Beutel des schlafenden Wachtpostens gefunden hatte, und erklärte ihm seinen Plan.

Zuerst suchten sie in der Umgebung des Gefängnisses nach einem Soldaten, der ihnen geeignet erschien.

Sie ließen ein paar dünne, streng dreinblickende Wachmänner links liegen und auch ein kleiner dicker, dem das Kettenhemd kaum über den Bauch reichte, kam für ihre Zwecke nicht infrage. Beim dritten Eingang aber stand ein junger Soldat, der sich schläfrig auf seine Hellebarde stützte und dem der Kopf immer wieder auf die Brust sank.

»Den nehmen wir«, beschloss Dagobert und verließ ihr Versteck.

Sie mussten sich beide mehrmals laut räuspern, bis der Wachmann sie bemerkte.

»Halt! Stehen bleiben!«, rief er und nahm Haltung an, wobei ihm der Helm auf dem Kopf verrutschte. Er richtete die Spitze seiner Waffe gegen sie und sah die beiden Jungen misstrauisch an.

Dagobert verlor keine Zeit. Er hielt dem Mann eine der fünf Goldmünzen hin und sagte: »Bitte, Herr Soldat! Unser Vater ist gefangen genommen worden und wir möchten ihn gern besuchen.«

Die Hellebardenspitze zeigte jetzt nicht mehr auf Dagoberts Brust, sondern auf die Münze. Der Soldat schien angestrengt über das Ansuchen nachzudenken. Schließlich traf er eine Entscheidung. »Aber sicher, Kleiner«, sagte er mit etwas freundlicherer Stimme.

Er streckte eine Hand aus. Dagobert legte die Münze hinein und die Finger des Soldaten schlossen sich sofort darum.

Der Mann lächelte. Dann öffnete er die Gittertür, durch die man ins Gefängnis gelangte. Fackeln erhellten das Gewölbe.

»Kennt ihr den Weg?«, fragte er.

»Natürlich«, antwortete Dagobert. In diesem Moment stolperte er und stieß gegen den Mann. Er murmelte ein »Entschuldigung« und ging weiter.

»Macht nichts, Kleiner. Und grüß deinen Vater von mir.«

»Gerne, das werde ich tun«, antwortete Dagobert.

Nachdem sie einige Schritte gegangen waren, zeigte er Jason, dass er wieder alle fünf Münzen besaß.

Genauso machte er es bei jedem Soldaten, dem sie in dem komplexen Gefüge von Räumen und Gängen begegneten: Er bestach sie alle und nahm ihnen anschließend die Münzen sofort wieder ab. Auf diese Weise überwanden sie Gräben, Tunnel, in denen laute Klageschreie widerhallten, verlassene Säle und düstere Innenhöfe. Schließlich sahen sie die Zellen, in denen die zuletzt Festgenommenen untergebracht waren.

Sie wechselten einen besorgten Blick: Um dorthin zu gelangen, mussten sie über eine niedrige Brücke, die über einen Wassergraben voller Karpfen führte. Links davon war die Wachstube, aus der raues Gelächter drang. Jason und Dagobert klopften gegen die offene Tür. Drinnen saßen zwei Soldaten bei einem Würfelspiel. Als sie merkten, dass sie beobachtet wurden, sprangen sie auf und sahen sich suchend nach ihren Schwertern um.

»Wer seid ihr?«, fragte einer der beiden. Er trug einen spitz zulaufenden Bart.

Dagobert und Jason zeigten ihnen ihre Münzen. Inzwischen waren sie ein eingespieltes Team.

»Wir wollen unser Schwesterchen besuchen«, erklärte Dagobert.

»Schwesterchen?«, fragte der Soldat und zog sich sein Kettenhemd zurecht.

»Sie ist in meinem Alter«, sagte Jason. »Und sieht mir ziemlich ähnlich. Wir wissen, dass sie heute Abend festgenommen wurde, und wir wollten nachschauen, wie es ihr geht.« Er warf die Münze in seiner Hand in die Höhe.

Die Soldaten sahen einander kurz an. Einer der beiden ging zu einer Truhe, öffnete sie und holte Julias Jeans und ihr T-Shirt hervor. Jasons Herz krampfte sich zusammen.

»Hatte sie das hier an?«, fragte der Mann.

»Ja«, antwortete Jason leise.

Der Soldat nickte und bestätigte, dass sich das Mädchen in ihrem Gewahrsam befand. »Es ist allerdings so ... Die Vorschriften verbieten jeglichen Besuch.«

»Bitte«, schaltete Dagobert sich ein. »Wir wollen sie ja nur ganz kurz sehen, um sicher zu sein, dass sie wohlauf ist.«

Zur ersten Münze kam eine zweite hinzu.

»Aber natürlich!«, rief einer der Soldaten. Er gab seinem Kollegen einen Wink, der daraufhin von einem Nagel an der Wand einen eisernen Ring nahm, an dem Unmengen von Schlüsseln hingen. »Bring die Jungen zur Zelle Nummer eins.« Er hielt Jason die Hand hin.

Während sie dem Soldaten über die Brücke folgten, fragte sich Jason, wie wohl der nächste Schritt von Dagoberts Plan aussehen mochte. Dagobert wirkte nicht so, als mache er sich Sorgen.

Der Soldat suchte nach dem richtigen Schlüssel und sperrte die Zelle auf. »Bitte sehr«, sagte er und machte eine einladende Handbewegung.

In dem Moment kam eine Gestalt aus der Dunkelheit auf sie zugestürzt.

»Soldaten«, brüllte Manfred und traf den Wachmann mit der Faust mitten ins Gesicht.

Oblivias ehemaliger Chauffeur fing den bewusstlosen Soldaten auf, bevor dieser auf dem Boden aufschlagen konnte, und zog ihn mit der Schnelligkeit eines Raubtiers in die Zelle hinein.

»Ihr habt euch aber beeilt«, sagte er. Dann erst sah er, wer ihm zu Hilfe gekommen war. »He, was macht ihr denn hier?«, fragte er verblüfft.

Jason ignorierte Manfreds Frage und schaute sich um. »Julia?« Dagobert zog den Schlüssel aus dem Schloss und nahm den Schlüsselbund an sich.

»Sie ist nicht mehr hier«, murmelte Manfred. Er ließ den reglosen Soldaten auf den Boden gleiten und entkleidete ihn rasch.

»Das verstehe ich nicht!«, sagte Jason. »Wo ist meine Schwester? Und was machst du hier?«

Manfred schlüpfte in die Sachen des Soldaten. Jedes Mal wenn ihn die Metallringe des Kettenhemds piksten, fluchte er leise.

»Hör mal, ich hätte nicht gedacht, dass ihr mich wirklich befreien kommt. Also vielen Dank. Ich schulde euch jetzt etwas.«

»Wo ist Julia?«

»Sie ist mit deinem Freund dort runter«, erklärte Manfred und zeigte erst auf Dagobert und anschließend auf das Loch im Boden. Dann sah er sich den Jungen neben Jason genauer an. »Nein, das war er ja gar nicht. Er sah ihm ähnlich, aber er war sehr viel älter.«

Mit dem Schlüsselbund in der Hand inspizierte Dagobert rasch die Zelle.

»Wo führt der Abfluss hin?«, erkundigte sich Jason.

Manfred setzte den Helm auf und band sich den Gürtel mit der Schwertscheide um. »Ich habe nicht die Absicht, das herauszufinden. Gut. Gehen wir?«

»Willst du hier einfach so rausspazieren?«, fragte Jason entgeistert.

Dagobert klimperte mit dem Schlüsselbund. »Das ist eine gute Idee«, fand er. »Und wir könnten auch noch ein paar alte Freunde von mir mitnehmen.«

Beim ersten Freudenschrei legte der Soldat mit dem spitz zulaufenden Bart die zwei Goldmünzen beiseite. Nach dem zweiten Schrei erhob er sich von seinem Hocker. Als der Korridor schließlich von Gelächter und Hurrarufen erfüllt war, kam er aus der Wachstube.

Ihm war, als würde er von einem hundertköpfigen Ungeheuer angegriffen.

»Nein!«, schrie er.

Mindestens fünfzig jubelnde Gefangene rannten an ihm vorbei.

Als der erste Trupp außer Sichtweite war, versuchte sich der Soldat zu erklären, was geschehen war. Rasch lief er zur Wachstube und schrie, so laut er konnte: »Alarm!«

Plötzlich stand ein anderer Soldat vor ihm, ein kräftiger Kerl mit einer langen Narbe am Hals.

»Die Gefangenen sind entkommen!«, rief der Wachmann aufgeregt.

»Das ist auch gut so!«, erwiderte Manfred und schlug sein Gegenüber bewusstlos. Oblivias ehemaliger Chauffeur beglückwünschte sich zu seiner Treffsicherheit und stieg über den am Boden Liegenden hinweg.

Jason und Dagobert öffneten die Truhe. Jason wollte die Schlüssel an sich nehmen, doch Manfred hinderte ihn daran.

Er hielt ihn am Arm fest und nahm ihm den Schlüssel mit der Katze und den mit dem Löwen weg. »Ich glaube, das hier sind meine. Die anderen gehören dir, schließlich hast du mich befreit.«

Jason nahm die vier Schlüssel der Villa Argo und Julias Sachen. Dagobert überließ er das Notizbuch.

Eine Vereinbarung war schließlich eine Vereinbarung.

Dann machten sie sich auf den Weg zum Ausgang. Jedes Mal wenn sie Schritte näher kommen hörten, packte Manfred sie und brüllte: »Ich habe euch, ihr entkommt mir nicht mehr!«

Eine Viertelstunde später waren sie draußen, im Freien.

Black Vulcano seufzte ein letztes Mal wohlig und drehte dann den Wasserhahn zu.

Von Autos und Satellitentelefonen hielt er nicht viel, aber eine schöne heiße Dusche war genau das Richtige, um sich wieder auf die Gegenwart einzustellen. Tropfnass stieg er aus der Duschkabine.

Aus einem Wäscheschrank zog er einen hellblauen Bademantel mit einem eingestickten C und ein angenehm duftendes Handtuch.

»Offenbar ist die Zeit der Moores vorbei«, stellte er fest, schlüpfte in den Bademantel und rieb sich energisch trocken.

Anschließend betrachtete er sich im Spiegel. Die Jahre im Mittelalter hatten aus ihm einen schlankeren, muskulöseren Mann gemacht.

Pfeifend sah er die vielen Flakons, Tuben und Dosen durch, die auf der Ablage über dem Waschbecken aufgereiht waren. Er konnte der Versuchung nicht widerstehen, sich etwas von dem frisch duftenden Körperpuder zu nehmen.

Zan-Zan klopfte an die Tür und verkündete: »Ich habe sie!«

Black Vulcano ließ seine Assistentin herein. »Wen hast du?«, fragte er.

»Die Frau!« Zan-Zan strahlte über das ganze Gesicht. »Sie ist unten. Kommst du?«

»Oblivia Newton? Eine Sekunde!«, sagte Black Vulcano und rutschte auf dem Handtuch zu seinen verschlissenen Turnschuhen hinüber. Als er sich jedoch zu ihnen hinunterbeugte, entdeckte er unter einem Regal ein Paar karierte, dick gefütterte Herrenpantoffeln. Schnell steckte er seine Füße dort hinein und folgte Zan-Zan die Treppe hinunter.

»Was für ein angenehmer Duft«, bemerkte sie.

»Zivilisation, meine Liebe. Man nennt das Zivilisation.«

Unten angelangt bogen sie nach links ab. Die Frau, von der Zan-Zan gesprochen hatte, lag schlafend auf einem Sofa.

»Da ist sie ja«, freute sich Black Vulcano. Als er sie sich genauer angesehen hatte, runzelte er die Stirn. Er fuhr mit der Hand über ihr Haar und bemerkte: »Ich hatte sie mir jünger vorgestellt. Dedalus fand sie unwiderstehlich ... Na ja, aber Peter hatte auch immer einen etwas eigenen Geschmack, besonders was Frauen betraf.« Black umarmte Zan-Zan und drückte ihr einen Kuss auf die Stirn. Da veranlasste ihn ein lautes Geräusch plötzlich dazu, sich umzudrehen. »Was ist das?«, fragte er und lief zurück in Richtung Treppe. Zan-Zan folgte ihm.

Sie hörten eine weibliche Person hysterisch lachen und gleich darauf befreit ausrufen: »Ja! Ich habe es geschafft! Das ist die Villa Argo!«

Black Vulcano und seine Assistentin erreichten das Zimmer mit dem Telefon in dem Moment, als ein junges Mädchen in einem formlosen, verdreckten Kittel das Steinerne Zimmer betrat. Erschrocken wich Zan-Zan einen Schritt zurück.

»Ich lasse dich nicht so einfach davonkommen, Oblivia!«, schrie das Mädchen. »Bleib stehen, du Diebin! Das hier ist mein Haus!«

Da erst merkten Zan-Zan und Black, dass im Raum noch eine Person war.

»Darf man erfahren, was hier los ist?«, polterte der ehemalige Stationsvorsteher von Kilmore Cove und beendete damit den Streit zwischen den beiden. »Wer seid ihr?«

»Papa?«, fragte Julia mit zusammengekniffenen Augen und gerunzelter Stirn.

»Papa?«, fragte auch Oblivia Newton.

Wettläufe gegen die Zeit

Die karierte Wolldecke war kein ausreichender Schutz gegen die kalte Nachtluft und den Fahrtwind. Rick hatte sich in Ulysses Moores Beiwagen zusammengekauert und fror, während der ehemalige Besitzer der Villa Argo das Motorrad mitsamt Anhang sehr geschickt durch die Kurven lenkte. Rick konnte es immer noch nicht fassen, dass Nestor und Ulysses Moore ein und dieselbe Person waren. Zum Glück hatte Ulysses darauf bestanden, weiterhin mit Nestor angesprochen zu werden.

Mit Vollgas fuhren sie auf der gewundenen Straße in den schlafenden Ort hinunter. Als sie schließlich hielten, mussten sich Ricks Ohren erst einmal von dem Lärm erholen.

Nestor stieg etwas ungelenk von seiner alten Ural ab und gab dem Motorrad, das noch aus der Zeit um den Zweiten Weltkrieg stammte, einen freundschaftlichen Klaps. Würdevoll nahm er den Helm ab.

Rick streckte sich und befreite sich ebenfalls von seinem Kopfschutz.

»Hallo, Phoenix«, sagte Nestor zu der dunklen Gestalt, die an einer Straßenlaterne gelehnt hatte und jetzt auf sie zukam. »Wir haben uns beeilt.«

Pater Phoenix lächelte Rick freundlich an, schüttelte Nestor die Hand und klopfte seinem Freund anschließend auf die Schulter. »Du hast dich lange nicht mehr sehen lassen.« Dann deutete er zu Ricks Haus hinüber. »Sehr merkwürdig. Alle Lichter brennen, aber niemand ist da.«

»Es ist meine Schuld«, meinte Rick und sah zu Boden. »Ich hätte meiner Mutter sagen müssen, dass ich bis zum Abendessen nicht zurück sein würde.«

»Ja, ich glaube, deine Mutter sucht dich«, bestätigte Pater Phoenix. »Sie hat dir eine Nachricht hinterlassen. Ich glaube nicht, dass sie lange fortbleiben wird, aber vielleicht sollten wir drei lieber hier auf sie warten.«

Sie gingen hinein. Auf dem Küchentisch lag ein Zettel, auf dem stand: »Ich suche nach dir. Warte bitte zu Hause auf mich.«

Rick ärgerte sich über sich selbst. Er bot Nestor und Pater Phoenix einen Platz an und schlug vor, die Suppe aufzuwärmen, die seine Mutter gekocht hatte.

»Warum nicht?«, meinte der Pfarrer.

Nestor nickte nur und schaute aus dem Fenster die Straße hinunter.

»Hast du Angst, dass sie dir das Motorrad klauen?«, fragte Pater Phoenix.

»Hm«, machte Nestor nur.

»Es ist schön zu wissen, dass ihr alte Freunde seid«, meinte Rick, als er den Tisch deckte.

»Wirklich?«, fragte Pater Phoenix lächelnd.

»Leonard und Nestor haben mir von dem Großen Sommer erzählt. Und von der Schatulle mit den Schlüsseln.«

Der Pfarrer sah fragend zu Nestor hinüber und dieser nickte. »Die Schlüssel der Tür zur Zeit.«

»Genau«, bestätigte Rick.

»Haben sie dir denn auch erzählt, wie die Geschichte weiterging?«

»Nein, wir mussten ja schnell hierher fahren«, sagte Nestor.

»Wie weit seit ihr denn gekommen?«

Rick, der zu verstehen glaubte, auf was der Pfarrer anspielte, antwortete: »Bis sie zugeben mussten, dass Nestor und Ulysses Moore ein und dieselbe Person sind.«

Nachdenklich wiegte Pater Phoenix den Kopf. »Lange hätten wir das sowieso nicht mehr geheim halten können.«

Nestor schob die Gardine zur Seite, um besser hinausschauen zu können, und meinte dann: »Ich gehe jetzt mal deine Mutter suchen. Vielleicht ist sie in der Gaststätte.« Eilig verließ er die Küche.

Rick verteilte die Suppe auf zwei Teller. »Sie wissen, wie die Geschichte weiterging?«, fragte er Pater Phoenix.

Der Pfarrer nickte. »Nach dem Großen Sommer ließen sich die Moores einige Jahre nur selten in Kilmore Cove blicken«, erzählte er. »Doch dann starb der Großvater und John, Ulysses' Vater, zog hierher. Das war ungefähr vor dreißig Jahren. Wir waren inzwischen mehr oder weniger erwachsen und keinem von uns war es gelungen herauszufinden, wozu die Schlüssel mit den Tiergriffen dienten. Wir hatten sie unter uns aufgeteilt und jeder hütete seinen wie eine Art Talisman. Doch als John kam und in die Villa einzog, geschah etwas. Ein Päckchen mit den vier Schlüsseln der Tür zur Zeit traf ein. Die Moores schlossen die Tür auf und entdeckten die *Metis*.«

»Das haben sie mir erzählt«, sagte Rick und tauchte seinen Löffel in die Suppe.

»Dann weißt du ja auch von den Reisen, die die Moores gemacht haben. Manchmal begleitete einer von uns sie, bis ... bis zu jener Reise ins Venedig des achtzehnten Jahrhunderts, bei der sich Ulysses in Penelope verliebte.«

»Ja«, sagte Rick.

»Seine Liebe war unsterblich und bedingungslos. Das war jedem, der die beiden sah, auf den ersten Blick klar. Als das geschah, war ich gerade dabei, fern von Kilmore Cove mein Studium abzuschließen. Danach kehrte ich in meine Heimatstadt zurück, um Pfarrer von St. Jacob's zu werden ...« Pater Phoenix unterbrach sich kichernd. »Und da entdeckte ich, was geschehen war: In einem Gespräch vertraute Ulysses' Vater mir an, dass er beschlossen hatte, für immer im Venedig des achtzehnten Jahrhunderts zu bleiben, damit Penelope und Ulysses gemeinsam in der Villa Argo leben konnten. Ich vermählte die beiden unten in der Höhle, in Anwesenheit ihrer Freunde hier aus dem Ort. Nun fanden die Freunde des Großen Sommers wieder zusammen.«

Pater Phoenix legte seinen Löffel in den leeren Teller. »Die Gruppe um Ulysses war nach und nach immer stärker von dem Wunsch besessen, die Geheimnisse dieses Ortes zu erforschen. Sie wollten alle Schlüssel haben und alle Türen ausprobieren. Doch sie entdeckten dabei nicht nur Schönes und Faszinierendes, sondern auch Grauenhaftes. Einige dieser sieben Türen führen zu entsetzlichen, gefährlichen Orten. Orte, die besser im Verborgenen geblieben wären. Der Urahn Raymond und dessen Sohn William hatten davor gewarnt und deshalb vor langer, langer Zeit versucht, alle Schlüssel verschwinden zu lassen ...«

Rick hörte gespannt zu.

»Es gibt Dinge, die sich wissenschaftlich nicht erklären lassen. Dazu gehören die Türen von Kilmore Cove. Aber sie ... meine Freunde ... sie wollten um jeden Preis herausfinden, wer die Türen erbaut hat und warum. Waren es Vorfahren der Moores gewesen? Vielleicht Xavier, der Begründer der Dynastie? Oder waren die Erbauer verschwunden, ohne lebende Nachkommen zu hinterlassen? Aber wenn das der Fall gewesen wäre, wer sollte dann dem neuen Besitzer der Villa Argo die vier Schlüssel geschickt haben?«

Rick legte seinen Löffel weg.

»Ich habe keine Ahnung, was sie herausfinden konnten, aber ich glaube nicht, dass es viel war. Peter hatte ein System entwickelt, mittels dessen man zwischen den Orten, die durch die Türen verbunden sind, Nachrichten hin und her schicken konnte. Doch nach ungefähr zehn Jahren fiel die Gruppe wieder auseinander.«

»Wie meinen Sie das?«

»Es gab einen Unfall. Auf einer ihrer Reisen wären Ulysses und Leonard beinahe ums Leben gekommen. Leonard verlor ein Auge und Ulysses wurde schwer verletzt. Die Nachforschungen über die Erbauer der Türen waren gefährlich, so wie auch die Türen selbst gefährlich waren. Die Gruppe hatte vorher schon beschlossen, Kilmore Cove von der übrigen Welt zu isolieren, um es zu schützen. Nun gingen sie noch einen Schritt weiter. Sie wollten die Türen verschließen und sämtliche Schlüssel verschwinden lassen. Die Geschichte wiederholte sich: Wie zuvor Raymond versuchte nun auch Ulysses, die Türen, die er geöffnet hatte, für immer zu verschließen. Penelope kam zu mir und bat mich um meinen Schlüssel.«

»Und Sie ...«

»Ich gab ihn ihr. Und all die anderen, die beim Großen Sommer dabei gewesen waren, machten es ebenso. Die einzige Ausnahme war Klytämnestra, die behauptete, ihren Schlüssel vor vielen Jahren fern von Kilmore Cove verloren zu haben.«

»Dabei stimmte das gar nicht.«

»Leonard war nicht damit einverstanden gewesen aufzuhören. Er wollte das Geheimnis der Erbauer der Türen lüften. Als Ulysses und Penelope ihm seinen Schlüssel wegnahmen, begann er, nach einem anderen, ganz besonderen Schlüssel zu suchen: dem Ersten Schlüssel. Zwischen ihm und Ulysses kam es zu einem furchtbaren Streit. Die Moores verboten Leonard, die Villa Argo zu betreten. Doch der Leuchtturmwärter war sehr dickköpfig und machte allein weiter. Durch ihn wurde dein Vater schließlich in die Sache verwickelt.«

»Mein Vater?«, fragte Rick verwundert.

»Leonard war immer davon ausgegangen, dass der Erste Schlüssel im Meer sein müsse, ebenso wie die anderen Schlüssel, die irgendwann an den Strand angespült worden waren. Dein Vater war ein erfahrener Taucher.«

Rick begann zu ahnen, wie es weitergehen würde.

»Leonard und dein Vater suchten monatelang nach dem Schlüssel, vielleicht sogar jahrelang. Anfangs bezahlte Leonard deinen Vater für jede Fahrt mit dem Boot. Dann aber erwachte auch bei deinem Vater das Jagdfieber. Bis zu jenem unglücklichen Tag ...«

»... an dem mein Vater starb.«

»Leonard fand das Boot, in dem die Netze und Teile der Taucherausrüstung lagen. Wir suchten nach deinem Vater, aber wir konnten nichts mehr für ihn tun.« Der Pfarrer nahm Ricks Hand in seine und drückte sie.

Rick hob den Blick und sah den Pfarrer entschlossen an. »Heute Abend hat Leonard mir gesagt, dass der Erste Schlüssel gefunden wurde. Und dass er das Wrack entdeckt hat, aber nicht als Erster. Das bedeutet, dass er dort unten auch meinen Vater gefunden hat, nicht wahr?«

Pater Phoenix starrte auf irgendeinen Punkt an der Wand hinter Ricks Schulter. Er nickte. »Vielleicht, Rick.«

Sie hörten Nestor auf der Treppe. Wenig später war er bei ihnen in der Küche. »Ja. Sie war in der Kneipe. Aber sie wissen nicht, wo sie danach hingegangen ist. Ist noch Suppe da?«

»Klar.« Rick stand sofort auf.

Pater Phoenix zog ein Foto aus der Tasche. »Und jetzt kommen wir zu dem Grund, aus dem wir hier sind.« Er zeigte ihnen das Foto. »An dem Tag, an dem dein Vater bestattet wurde, hatte deine Mutter auf dem Friedhof den Ersten Schlüssel bei sich.«

Rick fiel der Teller, den er für Nestor mit Suppe hatte füllen wollen, aus der Hand. »Was?«

Nestor sah den Pfarrer fassungslos an.

»Deine Mutter hatte den Ersten Schlüssel, Rick«, wiederholte Pater Phoenix. »Und deshalb mache ich mir gerade ein bisschen Sorgen um sie.«

»Erinnerst du dich noch an Ricks Vater?«, fragte Leonard Minaxo Fred Halbwach, als die beiden mit einer Laterne bewaffnet in die Höhle unter Turtle Park hinabstiegen.

»Natürlich erinnere ich mich an ihn«, antwortete Fred. »Ein großartiger Mensch. Und der Sohn ist wie der Vater, würde ich sagen.«

»Ja«, murmelte Leonard.

»Aber was für ein schlimmer Tod«, meinte Fred und seufzte. »Das Meer. Es gibt und es nimmt, ganz wie es ihm gefällt. Da hast du noch Glück gehabt mit deinem Auge.«

»Das hier?«, gab Leonard grinsend zurück. »Das war nicht das Meer.«

Fred runzelte die Stirn. »Aber das wissen doch alle, dass dich ein Hai gebissen hat. Sogar Doktor Bowen.«

»Fred, mein Freund, du weißt, wie sehr ich dich schätze«, antwortete der Leuchtturmwärter und legte Fred eine Hand auf die Schulter. »Aber überleg mal: Hast du hier jemals einen Hai gesehen?«

Fred dachte eine Weile nach. »Hm ... eigentlich nicht. Aber ich habe Wale gesehen, sogar sehr große.«

Leonard nickte und stieg weiter hinunter, zum Zug der Ewigen Jugend. Auch er musste an die Wale denken.

Er sah zu Fred hinüber. Wie gern würde er ihm jetzt erzählen, wie er sein Auge tatsächlich verloren hatte und wie Ulysses, Penelope und Kalypso gekommen waren, um ihn zu retten. Penelope und Ulysses hatten ihn zu Doktor Bowen gebracht, während Kalypso ... Kalypso war in ihre Buchhandlung gegangen. Sie hatte so sehr geweint.

Der Wal, dachte Leonard. Und Kalypso.

Auch an diesem Abend war sie es gewesen, die ihm das Leben gerettet hatte.

Wie kann sie nur gewusst haben, dass ich in Gefahr war?, fragte er sich und blieb plötzlich stehen.

Fred ging noch ein paar Schritte weiter, bevor er merkte, dass Leonard mit der Laterne hinter ihm zurückblieb. »Leonard?«

»Wie kann sie es gewusst haben?«, wiederholte er laut.

»Was gewusst?«, fragte Fred.

»Ich war draußen, mitten auf dem Meer ...«, erklärte Leonard nachdenklich. »Und sie kam genau zur richtigen Stelle, um mich zu retten, gemeinsam mit Mister Covenant und dem Architekten.«

»Ich verstehe nicht, was du meinst«, brummte Fred.

»So als ob jemand sie benachrichtigt hätte. Verstehst du?«

»Wenn ich ehrlich bin, nein«, sagte Fred. »Aber heute ist irgendwie nicht mein Tag. Und ich hoffe auch, dass er bald zu Ende geht, ich bin todmüde.«

»Hör mal, Fred«, erwiderte Leonard und sah sich plötzlich um. »Du könntest mir einen Gefallen tun. Von hier aus findest du allein zum Zug, nicht?«

Fred kratzte sich am Kopf. »Ja, ich glaube schon. Ich muss nur noch bis zu dem Aufzug da drüben gehen und runterfahren.«

»Wunderbar. Also, pass auf: Ich vertraue dir ...« Leonard reichte ihm das Fläschchen mit dem Schlafmittel. »Alles, was du zu tun hast, ist Folgendes: Steig in den Zug ein. Und wenn jemand durch die Tür hinten im Zug kommt ... und es ist nicht unbedingt gesagt, dass das überhaupt jemand tut ... dann bläst du ihm dieses Zeug ins Gesicht. Und anschließend übernehme ich und du kannst endlich nach Hause und schlafen gehen.«

Fred sah leicht genervt auf die Uhr. »Das sagst du so einfach. Wenn diese Zugangelegenheit erledigt ist, muss ich schon wieder ins Einwohnermeldeamt und arbeiten. Aber ich mache es trotzdem ...«, sagte er und nahm das Fläschchen. »Dafür kann ich dann morgen in Ruhe schlafen.«

Leonard drückte ihm die Schultern. »Danke, vielen Dank!«, sagte er. Dann drehte er sich um und rannte los.

Er musste sofort zu Kalypso.

Der junge Dachsteiger gab Jason und Manfred ein Zeichen, stehen zu bleiben.

»Was ist denn?«

»Schaut mal da«, sagte er, nachdem er über den schlafenden Wachtposten hinweggestiegen war, der immer noch reglos auf der Terrasse lag. Vor dem Tor oben an der Treppe und auf den Stufen, die zum Kreuzgang hinunterführten, waren schwarze Fußabdrücke. »Sie stammen von mindestens drei Personen, würde ich sagen. Zwei kleinen und einer größeren.«

»Ein schlechtes Zeichen«, brummte Manfred.

»Nein, ganz im Gegenteil!«, meinte Jason erleichtert. »Eine der drei könnte Julia gewesen ein.«

»Ja, aber die größeren könnten von Oblivia stammen«, vermutete ihr ehemaliger Chauffeur.

Jason sah sich die Treppe, die seine Schwester und er vor nur wenigen Stunden hinaufgestiegen waren, genauer an. Die Spuren führten zweifellos abwärts. »Die Tür ist jedenfalls dort unten. Und ich will wissen, wo meine Schwester gelandet ist.«

»Weise Worte«, brummte Manfred. »Machen wir, dass wir hier wegkommen.«

Jason ging ein paar Stufen hinunter. Dann drehte er sich zu Dagobert um, der oben stehen geblieben war. »Kommst du nicht?«

Der junge Dieb schüttelte den Kopf. »Ich habe meine Aufgabe erfüllt.«

Jason nickte. Es war in jeder Hinsicht besser, die Existenz der Tür zur Zeit geheim zu halten. Er kehrte noch einmal um und gab Dagobert die Hand. »Wie du willst. Vielen Dank für alles.«

»Ich danke dir auch«, antwortete Dagobert und hielt das Notizbuch hoch.

Die beiden blieben noch eine Weile stehen und sahen einander schweigend an.

Manfred dagegen stapfte die Treppe hinunter. Als er den Kreuzgang erreichte, musste er daran denken, wie Oblivia und er von den Soldaten gefangen genommen worden waren, kaum dass sie die Höhle mit dem verrückten Schiff verlassen hatten. »Unglaublich!«, sagte Manfred, als er den Spuren folgte, die Julia, Oblivia und Rigobert hinterlassen hatten.

Sie führten zur Tür, durch die Manfred und Oblivia Kilmore Cove verlassen hatten. Hoffentlich tobt auf der anderen Seite nicht wieder ein Unwetter, dachte er. Er zog an der Tür, rüttelte an der Klinke, doch die Tür ließ sich nicht öffnen.

»Was ist los?«, fragte Jason, als er ihn eingeholt hatte.

Manfred gab der Tür einen Tritt, entfernte sich dann ein Stück von ihr und betrachtete sie mit zusammengekniffenen Augen. »Sie geht nicht auf, das ist los.« Frustriert stampfte Manfred auf den Boden.

»Wie, sie geht nicht auf?«, fragte Jason entgeistert. Er probierte es ebenfalls, musste aber bald zugeben, dass Manfred recht hatte. Eine entsetzliche Angst überkam ihn. »Sie ist zu! Die Tür zur Zeit ist zu!«

»Und jetzt?«, fragte Manfred barsch.

Jason breitete die Arme aus. »Jetzt sitzen wir hier fest!«

Im Kreuzgang wimmelte es nur so von unheimlichen Schatten und seltsame Geräusche schienen aus der Tiefe der Erde heraufzudringen. Jason und Manfred standen einander wie erstarrt gegenüber.

»Jetzt warte mal«, sagte Manfred. »Wie meinst du das: Wir sitzen hier fest?«

»Die Tür zur Zeit ...«, stammelte Jason. »Nur durch sie kommen wir zur Villa Argo zurück. Sie hätte offen bleiben müssen, bis vier Personen durch sie zurückgegangen sind.«

Manfred schlug mit der Hellebarde gegen die Tür. »Aber sie ist verschlossen.«

»Also sind schon vier Personen durch sie hindurchgegangen.«

»Aber wie ist das möglich? Gibt es denn keine Passkontrolle oder so etwas Ähnliches?« Jason schüttelte den Kopf, während Manfred zu fluchen begann. »Wenn man in einen Flieger steigen will, durchsuchen sie einen zehnmal, wollen ständig das Ticket und den Pass sehen und ...«

Jason war den Tränen nahe. Er klopfte auf seine Hosentasche. »Und die Schlüssel sind hier drin!«

»Jetzt verstehe ich!« Manfred verpasste der Tür zwei weitere Tritte. »Das ist so wie damals, als ich den Hausschlüssel im Auto und den Autoschlüssel im Haus eingeschlossen hatte.«

»Mehr oder weniger.«

»Vielleicht können wir ein Fenster einschlagen«, sagte er. »Man kann immer irgendwo ein Fenster einschlagen. Oder wir brechen gleich die Tür auf.«

»Diese Art von Türen kann man ganz sicher nicht aufbrechen.«

Manfred lief mit geballten Fäusten im Kreis herum. »Ich wusste, dass ich da nicht hätte reingehen sollen. Ich fühlte es. Ich hätte in der Villa Argo bleiben sollen, mit Gwendaline. Ja, genau. Ich hätte bei Gwendaline bleiben sollen. Damals, als Oblivia unbedingt die Tür im Haus der alten Frau mit den hundert Katzen öffnen wollte. Ich *hasse* Katzen! Da bin ich in Kilmore Cove geblieben und nicht mit ihr gegangen, wohin auch immer es sie verschlagen hatte.«

»Sie war im Land Punt, um uns eine Karte zu stehlen.«

»Was zum Teufel ist das Land Punt?«

»Es gehört zum Alten Ägypten«, murmelte Jason niedergeschlagen.

»Ist das so etwas wie das hier?«, fragte Manfred und stöhnte auf.

»Mehr oder weniger. Aber wesentlich antiker.« Jason raufte sich die Haare. »Und jetzt?«

Manfred rüttelte wieder versuchsweise an der Tür, nur vorsichtshalber. Dann schaute er sich um. Ihm war, als würden sie beobachtet.

»Hör mal«, sagte er zu Jason. »Du bist derjenige von uns beiden, der weiß, wie das hier funktioniert. Es muss doch irgendeine Möglichkeit geben, nach Kilmore Cove zurückzukommen. Als ihr im Land Gunt wart ...«

»Punt«, verbesserte Jason ihn.

»Ja, egal. Wie ist Oblivia denn da zurückgekehrt? Durch die Tür in dem Haus mit den Katzen?«

»Ja.«

»Und ihr?«

»Durch die Tür in der Villa Argo«, antwortete Jason unwillig. Es war klar, dass Manfred keine Ahnung von den Unterschieden zwischen den sieben Türen von Kilmore Cove und der in der Villa Argo hatte. Jede der sieben Türen im Ort ließ sich nur mit einem bestimmten Schlüssel öffnen und führte an einen bestimmten Ort. Durch die Tür in der Villa Argo dagegen, für die man vier Schlüssel brauchte, konnte man an viele verschiedene Orte gelangen. »Aber Moment mal ...«

Während ihres Gesprächs hatten die Schatten im Kreuzgang begonnen, sich zu bewegen.

»Siehst du, jetzt fällt es dir wieder ein!«, freute sich Manfred und hockte sich vor dem Jungen auf den Boden.

»Vielleicht gibt es doch eine Möglichkeit«, sagte Jason. Dann schlug er sich gegen die Stirn. »Verflixt! Das Notizbuch! Wir brauchen das Notizbuch, das ich Dagobert überlassen habe.«

Manfred sprang wieder auf. »Geht in Ordnung!«, rief er.

Jason rannte augenblicklich los und Manfred stürmte hinter ihm her.

Die Schatten zogen sich rasch in eine dunkle Ecke zurück, ließen die beiden vorbei und folgten ihnen leise.

»Aber wozu brauchen wir es eigentlich?«, fragte Manfred.

»Die Tür des Pferdes«, erklärte Jason atemlos. »Black Vulcano ist durch die Tür hergekommen, die in dem Zug der Ewigen Jugend ist.«

»Wenn du meinst.« Manfred hatte kein Wort verstanden. »Also?«

»Also ... wenn wir sie finden, könnte möglicherweise einer von uns nach Kilmore Cove zurück ... Aua!«, schrie Jason plötzlich, stolperte und fiel hin.

Manfred rannte weiter, erreichte die Treppe und lief sie, immer zwei Stufen auf einmal nehmend, hinauf. Als er merkte, dass Jason nicht mehr hinter ihm war, hatte er schon fast den oberen Treppenabsatz erreicht. »Kleiner?«, rief er und drehte sich um. »Kleiner? Wo steckst du?«

Er hörte nur den Widerhall seiner eigenen Stimme.

Verunsichert betrat Manfred den Wehrgang, wo Dagobert auf dem Boden hockte und in dem Notizbuch blätterte.

»Hey! Gut, dass du noch da bist. Wir brauchen das da …« Manfred drehte sich um. »Auch wenn ich den Kleinen nicht mehr sehe.«

»Das ist kein gutes Zeichen«, sagte Dagobert und wies zu den schmutzigen Fußabdrücken auf den Stufen hinüber. »Denn das dort sind Spuren der Abflussdiebe.«

Väter und Töchter

In der Villa Argo herrschte ein vollkommenes Durcheinander. Oblivia Newton stürzte sich wütend auf Black Vulcano. Nach einer ebenso erbitterten wie ergebnislosen Rauferei ließen die beiden voneinander ab und beschränkten sich darauf, einander mörderische Blicke zuzuwerfen. Währenddessen schrie Julia die ganze Zeit, dass das hier ihr Haus sei. Auf der Suche nach ihren Eltern lief sie die Treppe hinauf und fand die beiden auf einem Sofa schlafend vor, eingehüllt in eine nach Kamille riechende grüne Wolke. Zan-Zan versuchte ihr zu erklären, was geschehen war, aber das war keine leichte Aufgabe.

Wo steckte Nestor? Und Rick? Waren sie in irgendwelche unterirdische Gänge geraten, aus denen sie nicht mehr herauskamen?

Ratlos und unruhig streifte Julia durch das Haus. Auf dem Sofa des Wintergartens entdeckte sie eine ihr unbekannte schlafende Frau und verlangte eine weitere Erklärung.

Doch der Gestank, den Julia und Oblivia verströmten, war schlimm, und Black verlangte, dass sie sich sofort säuberten.

Oblivia wurde von Zan-Zan ins Badezimmer begleitet. Die Chinesin zeigte ihr, wo das warme Wasser herauskam, und versuchte, ihr die Funktion des Wasserhahns zu erklären, bis Oblivia sie genervt unterbrach.

»Danke, sehr freundlich, aber ich weiß, wie man sich duscht.«

Blacks Assistentin brachte ihr noch ein geblümtes Kleid aus Mrs Covenants Kleiderschrank und ließ sie dann endlich allein.

Während Julia in einem anderen Badezimmer der Villa ebenfalls eine Dusche nahm, stand Black Vulcano ratlos vor der schlafenden Frau auf dem Sofa des Wintergartens und fragte sich, wer in aller Welt sie wohl sein mochte.

Als er hinter sich Zan-Zan kommen hörte, drehte er sich um, weil er sie etwas fragen wollte. Doch bevor er den Mund aufmachen konnte, bekam er von ihr eine völlig unerwartete Ohrfeige.

»Aua!«, brüllte er und tastete seine Wange ab, auf der jetzt ein knallroter Handabdruck prangte, bei dem alle fünf Finger deutlich zu erkennen waren. »Bist du verrückt geworden?«

Das sonst so heitere Gesicht seiner Assistentin war vor Wut verzerrt. »Du hast also eine Tochter, ja?«, schrie sie ihn an. Dann ging sie zu einem Sessel hinüber und ließ sich mit Wucht hineinfallen. » Das ist ja die Höhe!«

Zwanzig Minuten später saßen Black, Zan-Zan, Oblivia und Julia in der Küche um den Tisch herum.

»Also, es ist so, dass ...«, versuchte der ehemalige Stationsvorsteher zu erklären. »Ich weiß eigentlich gar nicht, was ich Ihnen sagen soll, Mistress Newton ...«

»Miss.«

»Miss Newton ... Ich kenne Sie gar nicht. Alles, was ich über Sie weiß, hat Peter mir erzählt. Und es war sehr schmeichelhaft, das können Sie mir glauben. Aber jetzt ...« Black tastete wieder behutsam seine feuerrote Wange ab. »Ich weiß wirklich nicht, was ich denken soll.«

Er hörte auf zu sprechen, weil aus dem Steinernen Zimmer dumpfe Schläge herüberklangen, so als versuche jemand, die Tür zur Zeit aufzubrechen. »Oh nein! Was ist denn jetzt los?«

Als sie das Geräusch hörte, wurde Julia sofort leichenblass. War das Jason, der auf der anderen Seite gegen die Tür schlug? Sie stand auf und ging zur Tür zur Zeit hinüber. Das versengte, zerkratzte Holz war ein genaues Abbild ihres Seelenzustands.

Sie legte das Ohr an das Holz und lauschte, aber die Schläge waren verstummt.

Als sie in die Küche zurückkehrte, sprach gerade Oblivia. »Alles, was ich von meinem Vater habe, ist ein Foto, das ich in einer Schublade meiner Mutter fand. Sie hat mir nie etwas von ihm erzählt. Und wenn ich sie nach ihm fragte, sagte sie, er sei auf eine lange Reise gegangen. Ich habe das immer so verstanden, dass er gestorben sein müsse.«

»Und dieser Mann soll ich sein?«

»Daran besteht kein Zweifel«, antwortete Oblivia.

Black Vulcano errötete. »Aber ... das ist ganz und gar unmöglich!«

Julia setzte sich wieder an den Tisch. »Vielleicht sollten Sie ihm sagen, wer ihre Mutter war, Oblivia.«

»Klytämnestra Biggles.«

Black fuhr zusammen. »Oh! Dann ist es doch nicht ganz unwahrscheinlich.«

Zan-Zan gab ihm noch eine Ohrfeige.

»Halt!«, mischte sich Julia ein. Sie stand auf, nahm Zan-Zan bei der Hand und führte sie hinaus in den Garten. »Das ist eine komplizierte Angelegenheit. Lassen wir sie ein bisschen allein.«

Zan-Zan weinte inzwischen vor Wut. »Er hat mir das nicht gesagt«, schluchzte sie. »Er hat mich betrogen ... ich wusste nicht, dass ... er eine andere Frau ... und eine Tochter hat.«

»Na ja ... Aber das ist doch schon so lange her«, versuchte Julia, sie zu trösten, obwohl sie jetzt eigentlich ganz andere Sorgen hatte.

Währenddessen sah Oblivia in der Küche Black Vulcano hasserfüllt an. »Mama ist nicht freiwillig aus Kilmore Cove weggezogen. Sie hat das Dorf verlassen, weil sie es musste. Und sie schämte sich deinetwegen. Sie schämte sich so sehr, dass sie nicht einmal ihrer Schwester erzählt hat, was geschehen war.«

Black hatte sich aus dem Eisfach des Kühlschranks ein Paket gefrorenen Spinat geholt und hielt es gegen seine brennende Wange. »Ich wusste es doch auch nicht. Aber du musst mir glauben: Ich liebte deine Mutter.«

»Das schien ihr nicht klar gewesen zu sein. Ich wurde in Cheddar geboren und bin ohne Vater aufgewachsen. Ich war mit ihr allein. Immer nur mit ihr allein.«

»Das tut mir sehr leid. Aber ich konnte nicht ahnen ...«

»Ich habe studiert, ich habe gearbeitet. Allein, immer allein. Und ich bin reich geworden.«

»Es freut mich, das zu hören, das ist schön für dich. Aber deine Mutter ...«

»Du warst sicher froh, sie losgeworden zu sein!«

»Nein! Sie hat mir so furchtbar gefehlt! Ich habe immer an sie gedacht und auch meine Lokomotive nach ihr benannt!«, widersprach Black.

»Und warum bist du in den ganzen dreißig Jahren kein einziges Mal aufgetaucht? Warum hast du sie nie besucht?«

»Sie wollte das nicht!«, rechtfertigte er sich. »Das zwischen uns war ... Wie soll ich sagen? Ein Kommunikationsproblem ...«

Oblivia gab ein bitteres Lachen von sich. »Ich habe eher den Eindruck, dass du damit kein Problem hattest. Mama ist tot und du hast eine neue Frau.« Wütend funkelte sie ihren Vater an.

»Sie ist doch nur meine Assistentin!«, log Black. »Außerdem ist es für einen älteren Mann wie mich nicht schön, allein zu leben.«

»Für ein Kind ist es auch nicht schön, ohne Vater aufzuwachsen. Und ständig an ihn zu denken und von ihm zu träumen und ihn für einen besseren Menschen zu halten, als er ist.«

»Du könntest deinem Vater ein bisschen mehr Respekt zollen!«, murmelte der ehemalige Stationsvorsteher und legte den gefrorenen Spinat wieder auf den Tisch. »Wer hätte das ahnen können!« Black schüttelte den Kopf. »Jetzt verstehe ich, woher du den Schlüssel hast. Das ist verrückt! Klytämnestra. Und meine Tochter. Die sich dann ausgerechnet auch noch mit Peter verlobt hat!«

»Ich bin nicht mit Peter verlobt! Ich wollte davon nichts wissen!«

»Na, Gott sei Dank!«, rief ihr Vater spontan aus. »Man soll sich nicht zu fest an einen Menschen binden!«

»Papa!«

Black biss sich auf seine Unterlippe. »Entschuldige. Das war nicht ernst gemeint. Es ist nur ... Wenn wir uns doch früher getroffen hätten, als du angefangen hast, das Geheimnis der Türen zu erforschen ...«

»Ich musste es schließlich tun! Der Schlüssel war das Einzige, was mir von meiner Mutter geblieben ist!«

»Ja, sicher. Eigentlich ...«

»Außerdem habe ich dich gesucht. Bist du nicht derjenige, der alle Schlüssel mitgenommen hat?«

»Nicht alle. Deiner hat gefehlt und der von Peter. Aber Ulysses hatte recht.« Black kratzte sich den Bart. »Diese Schlüssel führen ein Eigenleben«, sagte er. »Sie entscheiden selbst, wem sie gehören und wo sie sich finden lassen wollen.«

Oblivia trommelte mit den Fingern nervös auf der Tischplatte herum. »Und der berühmte Erste Schlüssel?«

»Den habe ich nie gehabt«, antwortete ihr Vater, ohne nachzudenken.

»Also gibt es ihn nicht.«

»Natürlich gibt es ihn!«

Oblivia sah Black vorwurfsvoll an.

»Ich mache keine Witze«, sagte dieser. »Keiner von uns glaubte mehr daran, aber Leonard hat ihn gefunden. Nach zwanzig Jahren.«

Etwas Gefährliches blitzte in Oblivias Augen auf. »Und wo?«

»Hm ... Ich denke nicht, dass dies der richtige Augenblick ist, um darüber zu reden.«

»Doch, ich finde, wir sollten genau jetzt darüber sprechen.«

Black stand auf und ging, die Arme hinter dem Rücken verschränkt, zweimal um den Tisch herum. »Na ja, schließlich bist du meine Tochter, nicht wahr?«

»Wo?«

Black stützte sich mit den Händen auf der Tischplatte ab. »Bevor du ... aufgetaucht bist, hat uns Leonard erzählt, dass er ihn im Meer gefunden hatte. Sein Boot ankert noch über der Stelle. Ich habe nicht ganz verstanden, ob er den Schlüssel schon geborgen hat oder nicht.«

Wie von einer Tarantel gestochen, sprang Oblivia auf. »Und warum tut ihr dann nichts? Ihr habt den Ersten Schlüssel gefunden und sitzt hier herum und quatscht? Verflixt noch mal, Papa! Der Erste Schlüssel ist das Wichtigste, was es gibt!«

Black Vulcano versuchte, väterlich zu lächeln. »Jetzt wo ich dich gefunden habe, Oblivia ...«

»Ach, geh doch zum Teufel!«, schimpfte sie und stürzte aus der Küche.

Draußen im Garten saß Zan-Zan auf der Terrasse und weinte immer noch. Julia spähte durch ein Fenster in Nestors Gartenhaus. Es war niemand drin und es brannte auch kein Licht.

Sie ging einmal um das Haus herum und dann zur Haustür. Sie war nicht abgeschlossen.

Zögernd betrat Julia Nestors Wohnzimmer und schaltete eine Lampe ein. Auf dem Tisch lag eine Taucheruhr. Eine Eule und Peter Dedalus' Initialen zierten das Zifferblatt.

»Rick?«, flüsterte sie und nahm die Uhr an sich. Sie ging im Zimmer herum. Sie sah das Sofa mit den zerdrückten Kissen.

Hier musste jemand geschlafen haben. Nestors Schreibtisch sah sehr ordentlich aus, aber aus einer Truhe, die auf dem Fußboden stand, schaute ein Stück Papier heraus.

Neugierig hob Julia den Deckel hoch: Das Stück Papier war die Ecke einer großen zusammengefalteten Karte der Höhlen von Kilmore Cove. Julia nahm sie heraus und entdeckte dabei auch die Leinwand, auf der Ulysses Moore abgebildet war.

Als sie die Person darauf erkannte, wurde ihr vor Schreck schwindelig.

»Nestor?«, fragte sie laut.

Plötzlich hatte sie das Gefühl, das fehlende Puzzleteil gefunden zu haben: Nestor, der alle Geheimnisse von Kilmore Cove kannte, der immer wusste, welches Buch in der Bibliothek ihnen weiterhelfen würde, der sie in Penelopes Atelier geführt hatte ... in das Atelier seiner Frau also ... Nestor, der umgestellte Möbel sofort wieder an ihren alten Platz zurückschob. Nestor, der im Gärtnerhaus wohnte, um nicht den Ort zu verlassen, an dem er so viele Jahre gelebt hatte. Nestor, der Ulysses' Porträt versteckte, damit ihn niemand erkannte.

In der Truhe lagen Hefte. Alte Hefte. Auf jedem Umschlag stand Ulysses Moores Name.

Sie schlug ein paar von ihnen auf.

Sie waren in einer schwer zu entziffernden Schrift vollgeschrieben. Das heißt, eigentlich war die Schrift vollkommen unleserlich. Es musste ein Code sein oder aber eine Schrift, die man nur mithilfe des *Wörterbuchs der vergessenen Sprachen* entschlüsseln konnte. Zwischen die geschriebenen Absätze waren Zeichnungen eingefügt. Viele Zeichnungen. Sie schlug das zuunterst liegende Heft auf und entdeckte ein Porträt von Rick und Bilder von Jason und ihr.

Sie legte die Hefte nebeneinander auf den Boden.

Sie erzählten die Geschichte der Villa Argo.

Julias Herz pochte so stark, dass es in ihren Ohren dröhnte. Sie hob den Kopf. Da war ein Geräusch gewesen: Die Küchentür war zugeknallt. Oblivia schrie etwas. Black Vulcano rief: »Halt! Was hast du vor?«

Schnelle Schritte auf dem Kies. Eine Autotür, die geöffnet und dann zugeworfen wurde.

Julia lief hinaus in den Garten.

Zu spät.

Oblivia Newton hatte das Auto der Covenants angelassen und fuhr so schnell los, dass die Kieselsteine in alle Richtungen flogen.

Der Herr der
Abflussdiebe

Dutzende kleiner Hände hielten Jason im Kreuzgang fest. Andere legten sich über seinen Mund, sodass er kaum noch Luft bekam. Stimmen riefen wild durcheinander.

»Wir haben den Jungen, aber der Soldat konnte entkommen!«

»Lasst ihn laufen!«

»Verfolgt ihn!«

»Nein, Hände weg!«

Verzweifelt versuchte Jason, sich freizukämpfen. Doch er wurde so fest auf den Boden gedrückt, dass eine Flucht aussichtslos war.

»Ich will ihn sehen!«, rief eine der Stimmen.

Jemand drehte Jason auf den Rücken. Ein übel riechendes Tuch wurde ihm auf den Mund gepresst.

Ein alter Mann, der von Aussehen und Haltung her ein bisschen an eine Kröte erinnerte, sah ihn aufmerksam an. »Er ist es. Das ist Julias Bruder«, sagte er zu den anderen.

Als er den Namen seiner Zwillingsschwester hörte, zog sich Jasons Magen zusammen. Er startete einen neuen Versuch, sich zu befreien. Doch abermals vergeblich. Grob drehten sie ihm die Hände auf den Rücken und fesselten ihn an einen langen Stock.

»Wird er hindurchpassen?«, fragte jemand.

»Aber sicher!«

»Das glaube ich nicht.«

»Er ist so dick wie ein Schweinchen.«

Sie schleiften Jason zum Regenwasserabfluss des Kreuzgangs. Nachdem mehrere kleine Diebe dort hinuntergestiegen waren, wurde Jason hinterhergeschoben. Die stickige Luft raubte ihm fast den Atem und er verlor das Bewusstsein.

Als Jason die Augen wieder öffnete, befand er sich in einem schwach erleuchteten Raum, in dem es angenehm nach Weihrauch duftete. Er war nicht mehr gefesselt. Vorsichtig stand er auf. Sein Kopf dröhnte.

Er wankte zu dem einzigen Fenster hinüber, das durch ein kunstvoll geschmiedetes Gitter gesichert wurde. Dahinter erstreckte sich ein Hof, der von eigenartig gestalteten, dunklen Gebäuden umgeben war.

Hinter seinem Rücken öffnete sich eine Tür. Ein alter Mann trat ein.

»Ich grüße dich«, sagte er und hob die Hand.

»Wer bist du?«, fragte Jason ängstlich.

»Ich heiße Rigobert«, antwortete der Alte. »Folge mir bitte«, fügte er hinzu.

Jason klopfte seine Taschen ab und stellte entsetzt fest, dass man ihm alles weggenommen hatte, was darin gewesen war. »Meine Schlüssel! Und meine Münzen!«

»Komm bitte mit. Wir haben alles bei unserem Herrn abgeliefert«, sagte Rigobert nur.

»Wer ist euer Herr?«

»Der Probst der dunklen Kanäle, der Herr der Abflussdiebe.«

Der Korridor, den sie entlanggingen, hatte überhaupt nichts mit einem Abfluss gemeinsam. Er war in einem zarten Malventon gehalten und duftete auch nach diesen Blumen.

»Darf man erfahren, warum ihr mich gefangen habt?«, fragte Jason.

»Deine Schwester ist hinter einer Tür verschwunden, die sich nicht öffnen lässt«, erklärte Rigobert. »Und du wolltest durch dieselbe Tür gehen. Ich glaube, dass dich das zu einer wichtigen Person macht.«

»Du irrst dich!«, protestierte Jason.

Rigobert blieb unter einem hohen Bogen stehen und zeigte auf das dahinterliegende Zimmer. »Bitte«, sagte er. »Der Herr der Abflussdiebe erwartet dich.«

Jason trat ein.

Das Zimmer erstrahlte in einem intensiven Blau: Nicht nur der Fußboden war hellblau, sondern auch die kunstvoll bestickten Vorhänge und die Teppiche an der Wand.

Der Herr der Abflussdiebe saß im Schneidersitz auf einem Thron vor der Wand gegenüber der Tür. Jason ging vorsichtig näher.

»Sei gegrüßt!«, ertönte eine dunkle Stimme. »Du also bist verantwortlich dafür, dass ich heute Nacht keinen Schlaf fand.«

»Ich glaube, es liegt ein Missverständnis vor«, erwiderte Jason und stellte mit Verwunderung fest, dass der Herr der Abflussdiebe einen leuchtend hellblauen Morgenmantel trug. Und dass er das Gesicht eines Jungen seines Alters hatte. Jason starrte ihn mit offenem Mund an.

»Was für ein Missverständnis, junger Fremder?« Als Jason nicht antwortete, zeigte der Herr der Abflussdiebe auf einen Tisch neben dem Thron. Auf ihm lagen mehrere Gegenstände, fein säuberlich aufgereiht. »Das müssten deine Sachen sein. Nimm sie ruhig, wenn du sie behalten willst.«

Das ließ sich Jason nicht zweimal sagen. Er schnappte sich die vier Schlüssel und steckte sie in die Tasche. »Warum hast du mich hierher bringen lassen?«

Der Junge in dem hellblauen Morgenmantel stieg von seinem Thron herunter. »Warum? Weil mich deine Geschichte neugierig gemacht hat. Man hat mir von deiner Schwester erzählt und davon, dass sie durch eine Tür gegangen ist, die nicht einmal Balthasar hatte öffnen können.«

»Du kennst Balthasar?«

Der Herr der Abflussdiebe dachte kurz nach. »Habe ich Balthasar gesagt? Na ja, dann muss ich ihm tatsächlich einmal begegnet sein. Ach ja, je jünger man wird, desto mehr vergisst man! Deshalb schreibe ich mir immer alles auf. Komm mit, junger Fremder. Und erzähle mir alles über diese Tür, die sich nicht öffnen lässt.«

Jason folgte dem Herrn der Abflussdiebe in einen langen Korridor. Sie durchquerten einen Saal, in dem Tausende von Kerzen brannten, und betraten ein fünfeckiges Zimmer, von dem fünf Türen abgingen.

In dem Raum stapelten sich dicht beschriebene Papierrollen. Geschickt an der Decke angebrachte Spiegel warfen das Kerzenlicht aus den angrenzenden Sälen auf die Tische.

»Das hier ist mein Schreibzimmer, hier halte ich all meine Erinnerungen fest«, erklärte der Herr der Abflussdiebe. Er deutete auf eine Schriftrolle. »Die Tür, von der ich sprach, befindet sich gleich neben dem Brunnen der Ewigen Jugend. Kannst du mir etwas darüber sagen?«

»Ich habe keine Ahnung, wovon du sprichst! Ich weiß ja nicht mal, wer du bist.« Jason war inzwischen ziemlich wütend.

»Wer ich bin ... Nun, das hängt davon ab, durch welche Tür ich gehe. Wenn ich mich für die da entscheide, dann bin ich der Probst der dunklen Kanäle, der Herr der Abflussdiebe. Nehme ich dagegen die dort drüben, dann bin ich der Abt der Firste, der Herr der Dachsteiger. Diese beiden Ämter machen mir eigentlich am meisten Spaß. Nehme ich aber jene dritte Tür, dann muss ich Priester Johannes sein.«

»Du bist der Priester Johannes?«, fragte Jason verblüfft.

»Höchstpersönlich«, antwortete der Junge im hellblauen Bademantel.

»Aber ... du bist doch noch ein Kind!«

Der Junge lächelte verschmitzt. »Was glaubst du, wozu der Brunnen der Ewigen Jugend eigentlich da ist?«

Kalypso legte ihr Ohr an die Tür im Hinterzimmer ihres Buchladens und schloss die Augen.

»Sie haben ihn inzwischen gefunden«, murmelte sie vor sich hin. »Sie haben den Schlüssel gefunden.«

Es war Kalypso, als käme aus der Dunkelheit jenseits der Tür ein Raunen, ein ferner Meeresgesang. Sie legte ihr Gesicht an die Tür. »Worüber willst du jetzt noch wachen? Der Schlüssel wurde gefunden. Geh schon! Kehre in die Tiefe zurück!«

»Ich werde nicht weggehen!«, hörte sie plötzlich eine Stimme hinter sich.

Kalypso schrie erschrocken auf.

Sie drehte sich um und sah Leonard Minaxo.

»Leo...nard«, stammelte die Buchhändlerin.

Mit zwei Schritten war er bei ihr und nahm sie in den Arm. Er hob sie hoch und küsste sie, wie er sie schon immer hatte küssen wollen.

Ein Gefühl der Geborgenheit durchströmte Kalypso. »Es ist unmöglich, Leonard«, flüsterte sie ihm dennoch ins Ohr. »Ich bin eine Erbau...«

»Ich weiß, wer du bist«, erwiderte er und legte seine Wange an ihre.

Dicht an ihn geschmiegt, sah Kalypso durch das Schaufenster ihres Buchladens hinaus auf den Platz mit dem Brunnen. »Ich muss dir etwas sagen ...«, flüsterte sie.

Der Leuchtturmwärter küsste sie nochmals, während unter der Tür hinter ihnen ein feines Rinnsal Meerwasser hindurchsickerte.

Die Glühwürmchenwiese

Manfred hielt Dagobert an der Schulter fest. »Warte ... warte ...«, sagte er. Sie verglichen die Namen in Ulysses Moores Notizbuch mit denen auf den Messingtafeln. »Wenn das da die Rostallee ist, dann müssen wir jetzt nach links ...«

»Nach rechts«, verbesserte Dagobert ihn und drehte das Notizbuch um. »Wir sind hier ...«

»Die Festung ist wie ein Labyrinth«, schimpfte Manfred.

»Also, machen wir es jetzt so, wie ich es sage?«, fragte Dagobert.

»Ja, in Ordnung«, knurrte Manfred.

Es begann schon zu dämmern, als Dagobert neben einem Stall stehen blieb. »Hier ist es«, sagte er und klappte das Notizbuch zu.

Sie betraten ein niedriges Gebäude, in dem es muffig nach Heu roch. Entlang der hinteren Wand verlief eine Tränke. Dagobert steckte eine Hand ins Wasser und seufzte. »Das hier kann nicht der Brunnen der Ewigen Jugend sein.«

Manfred stampfte wütend mit dem Fuß auf und verließ den Stall augenblicklich wieder. Mit hängenden Schultern folgte Dagobert ihm.

Gerade als er einen Weg einschlagen wollte, der unterhalb des Stalls in Richtung eines schmalen Pfads führte, blieb er wie angewurzelt stehen.

Am Ende des Wegs stand ein kleines Haus, das von Tausenden von Glühwürmchen umschwirrt wurde. Bei dem Anblick musste Dagobert unwillkürlich lächeln.

Sie gingen zu der Hütte und umrundeten sie. Vor einer niedrigen Mauer, an der eine verwitterte alte Tür mitsamt Rahmen lehnte, blieben sie stehen. Aus einer morschen Holzregenrinne tröpfelte ein schmales Bächlein kristallklaren Wassers, das auf der Wiese eine Pfütze bildete und dort versickerte.

Während Manfred versuchte, die alte Tür zu öffnen, berührte Dagobert das Wasser mit den Fingerspitzen: Es war sehr kalt.

Er ließ einen Tropfen in seinen Mund fallen und ihm war, als habe ihn jemand mit einer Nadel in die Zunge gestochen. Er zuckte zusammen und sah sich verwirrt um. War er nicht mit einer anderen Person an diesen Ort gekommen?

»He!«, ertönte eine fipsige Stimme hinter Manfred.

Erschrocken drehte sich der ehemalige Chauffeur von Oblivia Newton um, nachdem er die Tür geschlossen hatte.

»Halt! Bleib stehen!«, befahl ihm ein Mann, der hektisch an einem Glasfläschchen herumfummelte.

»Wer bist du denn? Bist du der Schaffner?«, fragte Manfred. Er stand in einem hell erleuchteten Zug.

Der Mann hob den Kopf und Manfred erkannte ihn: Es war der Typ, den er vor zwei Tagen in der Gastwirtschaft getroffen hatte. Der Cousin des Reifenhändlers.

»Fred Irgendwas?«, fragte er und streckte ungeschickt den Arm aus, mit dem er immer noch die Hellebarde hielt.

Fred gab den Versuch auf, den Glasflakon zu öffnen. »Kennen wir uns?«, fragte er verwundert.

Manfred musste lachen. Er streifte rasch den Helm ab und ließ ihn zu Boden fallen. »Aber ja! Erinnerst du dich nicht an mich?«

Fred kniff erst ein Auge und dann das andere zu und hob schließlich triumphierend den rechten Zeigefinger. »Da soll mich doch ... Bist du nicht der mit dem Strandbuggy? Der, der Reifen für sein Motorrad haben wollte?«

»Doch, genau der bin ich!«, meinte Manfred grinsend. »Was machst du denn hier?«, wollte er wissen. »Und wo sind wir hier überhaupt?«

Fred nahm einen wissenden Gesichtsausdruck an. »Sie haben mir gesagt, ich soll diese Tür bewachen. Es könnte nämlich jemand herauskommen, eine Frau oder so.«

»Na ja, da hast du wohl Pech gehabt ...«, erwiderte Manfred gut gelaunt und sah zum Fenster der Lokomotive hinaus. Draußen entdeckte er Stalaktiten und Stalagmiten und eine Reihe blass leuchtender Lampen. »Sind wir in einer Höhle?«

»Genau«, antwortete Fred.

»Hoffentlich gehört sie zu Kilmore Cove«, murmelte Manfred.

»Nicht ganz«, erwiderte Fred.

Oblivias ehemaliger Chauffeur verpasste der Wand der Lokomotive einen Faustschlag. »Wie, nicht ganz? Wo sind wir denn dann?«

Fred erschrak so sehr, dass der Flakon in seinen Händen beinahe von selbst aufgegangen wäre. Er packte ihn fester und stotterte: »Wir sind einige Kilometer von Kilmore Cove entfernt ...«

Manfred beruhigte sich sofort. »Aha«, murmelte er vor sich hin. Dann musste er plötzlich lachen, umarmte Fred und rieb sich anschließend zufrieden die Hände. »Ich habe es geschafft! Der kleine Junge hatte recht!« Er ließ seinen Blick über die Armaturen in der Lokomotive gleiten. »Funktioniert die Lok eigentlich?«, erkundigte er sich und spielte mit einem Hebel herum.

»Und wie!«, antwortete Fred. »Sie ist so schnell wie der Blitz. Heute Nachmittag hätte sie mich um ein Haar erwischt.«

»Kannst du mit ihr umgehen?«, fragte Manfred.

Fred kratzte sich nachdenklich am Kopf. »Ach, nein ... ich habe sie noch nie gefahren. Wir müssten da wohl Black zurate ziehen.«

»Und wo ist Black?«

»In der Villa Argo.«

»Also weit weg.«

»Oh ja. Von hier aus sind es zu Fuß mindestens zwanzig Minuten.« Plötzlich wirkte Freds müdes Gesicht wieder wacher. »Vielleicht sollten wir eines der Kinder fragen. Sie können diese Lokomotive bedienen.«

Manfred tastete in seiner Tasche nach dem Schlüssel mit der Katze und nach dem mit dem Löwen. »Hör mal, macht es dir was aus, wenn ich es mal versuche?«, fragte er Fred.

»Nein, nein«, antwortete dieser lächelnd. »Solange du nicht ...«

Der Rest des Satzes blieb ihm im Hals stecken, als sich die Lokomotive plötzlich in Bewegung setzte und in Höchstgeschwindigkeit auf Kilmore Cove zuschoss.

In dieser besonderen Nacht war Ursus Marriet in den Straßen von Kilmore Cove unterwegs.

Er hatte die Schule erst zu später Stunde verlassen, nachdem er sämtliche Aufnahmen des Fotografen Walter Gatz durchgesehen hatte. Er war sehr zufrieden mit sich. Er hatte herausfinden können, wer dieser Nestor war, der sich mit auf das alte Klassenfoto gedrängt hatte. Und der, wie Marriet inzwischen wusste, auch neben Dedalus und Minaxo gestanden hatte, als das Foto vor dem Leuchtturm entstanden war.

Der Schuldirektor hatte sich vorgenommen, Fred Halbwach am morgigen Tag um einige Informationen zu bitten. Und auch die Lehrerin Miss Stella war ihm einige Antworten schuldig.

Pfeifend ging er an der einzigen Kneipe des Ortes vorbei und lenkte seine Schritte zum Hafen.

Als er die erste Mole erreichte, stutzte er. Eine Frau in einem langen, geblümten Kleid lief in fiebriger Hast von einem Boot zum nächsten, so als suche sie etwas. Die Scheinwerfer eines Autos, das vor der Mole quer auf dem Bürgersteig stand, tauchten sie in grelles Licht.

Ursus, das geht dich nichts an, sagte er sich.

Er drehte sich um und machte einen Schritt in die entgegengesetzte Richtung. Doch seine Neugier war geweckt. Er ließ seinen Blick zwischen dem Auto mit den eingeschalteten Scheinwerfern und der Frau auf der Mole hin- und herwandern. Sie war vor einem kleinen Boot mit Außenbordmotor stehen geblieben.

Was macht sie da bloß?, fragte sich der Schuldirektor. Vielleicht braucht sie Hilfe. Kurz entschlossen stieg er die wenigen Stufen zum Hafen hinunter und räusperte sich. »Ähem ... Kann ich Ihnen helfen?«

Oblivia Newton wandte ihm ihr erschöpftes Gesicht zu.

Faszinierend, dachte Ursus Marriet.

Sie blickte ihm schweigend in die Augen.

Faszinierend, dachte Ursus Marriet erneut.

Dann deutete sie auf den Außenbordmotor. »Können Sie den in Gang bringen?«

Der Schuldirektor zuckte zusammen. Er sah nacheinander die Frau, den Außenbordmotor und das tiefschwarze Meer an. »Wie meinen Sie das bitte?«

Oblivia baute sich wenige Zentimeter vor ihm auf. »Ich meine das so, dass ich *sofort* ein Boot auf hoher See suchen muss. Und ich kann mit diesen Dingern nicht umgehen. Deshalb frage ich Sie: *Können Sie das?«*

»Natürlich«, antwortete der Direktor.

»Dann tun Sie es.«

»Wie Sie wünschen.« Ursus Marriet stieg an Bord und kletterte vorsichtig zum Motor hinüber. »Ich muss Sie jedoch darauf hinweisen, dass es nicht sicher ist, nachts hinauszufahren.«

»Auf dieser Welt ist nur eines sicher«, erwiderte Oblivia und warf das Haltetau ins Boot.

»Und das wäre?«, fragte der Direktor und zog sich sein Sakko zurecht.

»Dass ich mir den Ersten Schlüssel schnappe.«

Nicht weit vom Hafen entfernt durchsuchten Rick, Nestor und Pater Phoenix sämtliche Schubladen im Haus der Banners nach dem Ersten Schlüssel. Sie konnten ihn jedoch nirgends finden.

Da Ricks Mutter immer noch nicht nach Hause gekommen war, rief Rick in der Villa Argo an.

Lange Zeit nahm niemand ab.

Er wollte schon auflegen, da meldete sich Julia endlich. Als er ihre Stimme hörte, begann sein Herz zu rasen. »Julia!«, rief er.

»Rick!« Julias Stimme überschlug sich. »Geht es dir gut?«

»Jaja, und dir? Und Jason?«

»Jason ist noch drüben. Und wir haben alle Schlüssel verloren. Ich ... Ich bin zusammen mit Oblivia zurückgekommen.«

»Die Schlüssel? Oblivia? Ich verstehe nur Bahnhof«, sagte Rick.

Schnell erzählte Julia ihrem Freund, was passiert war.

»Ich bin froh, dass du wieder hier bist. Außerdem habe ich etwas entdeckt, das ich dir unbedingt erzählen muss. Ulysses Moore ist in Wirklichkeit ...«

»Nestor, ich weiß!«, unterbrach Julia ihn. »Aber da ist noch etwas, Rick. Oblivia ... sie ist die Tochter von Black Vulcano!«

»Was? Das kann nicht sein, Oblivia soll Blacks Tochter sein?«

Nestor horchte auf und sah Pater Phoenix fragend an. »Wusstest du das?«

»Äh ... möglicherweise ... ja ...«, antwortete der Pfarrer mit einem verlegenen Lächeln.

Julia war immer noch damit beschäftigt, Rick über die neuesten Ereignisse zu informieren. »Oblivia hat sich das Auto meiner Eltern geschnappt und ist damit hinunter in den Ort gefahren. Und Black hat hier im Haus Mama, Papa und eine Frau, die ich nicht kenne, mit einem Schlafmittel betäubt.«

»Wie sieht die Frau aus?«, fragte Rick. Und nachdem Julia sie ihm beschrieben hatte, wusste er endlich, wo seine Mutter war.

»Frag sie, wo sie den Ersten Schlüssel versteckt hat!«, mischte sich Nestor ein.

»Sie schläft«, sagte Rick. Dann sprach er wieder in den Hörer. »Bleib, wo du bist, Julia. Wir kommen sofort!«

Nestor, Rick und Pater Phoenix eilten auf die Straße hinaus. Sie blieben wie vom Donner gerührt stehen, als ein ohrenbetäubendes Getöse vom Bahnhof zu ihnen herüberdrang.

»Der Zug!«, schrie Rick.

Auf der Suche nach
der ewigen Jugend

Gwendaline saß in der Herrenabteilung ihres Friseursalons und schluchzte ins Telefon. »Nein, Mama, du hast mich nicht richtig verstanden ...«, wiederholte sie zum x-ten Mal. »Ich weiß, dass es spät ist, aber ich kann nicht schlafen. Nein, es geht nicht! Sobald ich die Augen schließe, sehe ich wieder diesen Strand vor mir und ...« Gwendaline hielt inne. Sie hatte ein lautes Klirren gehört, das von der Straße kam. »Warte mal kurz, Mama ... Entschuldige bitte, aber ich glaube, ich muss mal nachsehen, was da draußen los ist. Nein, natürlich habe ich nicht mehr auf. Warte kurz, bitte.«

Die junge Friseurin legte den Hörer auf der Empfangstheke ab, ging zur Tür, schob den Vorhang beiseite und spähte hinaus.

»Das ist ja unglaublich!«, keuchte sie. Dann kehrte sie rasch zum Telefon zurück. »Mama ...«, flüsterte sie. »Du wirst es nicht glauben, aber *er* ist hier. Das heißt ... Na klar bin ich mir sicher. Es ist nur so, dass er ganz komisch angezogen ist. Er sieht aus wie einer dieser mittelalterlichen Ritter, mit Rüstung und Lanze. Ja, ein richtiger Ritter! Und er ist hier draußen. Genau in diesem Augenblick! Einen Moment, ich rufe dich gleich wieder an!«

Gwendaline kehrte zur Tür zurück und sah erneut hinaus. Sie befürchtete schon, einer Sinnestäuschung erlegen zu sein. Aber sie hatte sich nicht geirrt: Vor ihrem Laden lief tatsächlich Manfred auf und ab.

Was hast du vor, mein verwegener Ritter?, dachte Gwendaline und konnte sich ein Grinsen nicht verkneifen.

Manfred hob einen kleinen Kieselstein auf und warf ihn gegen die Scheiben ihrer Wohnung im ersten Stock.

Himmel, ist das romantisch! Gwendalines Herz fing an, schneller zu schlagen. Mit vor Aufregung zitternden Knien öffnete sie die Ladentür und trat hinaus. »Hallo«, piepste sie.

»Hey!«, sagte Manfred. »Wow!«

Gwendaline sah an sich herunter und lief knallrot an. Sie war im Nachthemd auf die Straße gelaufen. »Was machst du hier?«, fragte sie schließlich.

»Ich bin hergekommen, um mir meine Sachen zu holen«, sagte Manfred und fuhr sich dabei mit der Hand über das Kettenhemd.

Gwendaline bekam einen nervösen Lachanfall. »Deine Sachen? Natürlich ... du hast recht. Sie sind oben in meiner Wohnung.«

»Das weiß ich«, entgegnete Manfred. Er machte einen Schritt auf das Haus zu.

Gwendaline biss sich vor Enttäuschung auf die Unterlippe. Was hatte sie sich nur eingebildet! Sie drehte sich um und Manfred folgte ihr in den Laden.

In ihrem Appartement angekommen, ging Oblivias ehemaliger Chauffeur sofort zu dem Sofa, auf dem er die letzte Nacht verbracht hatte, und nahm seine Kleider an sich. »Kann ich mich hier umziehen?«

»Äh ... ja ... natürlich«, antwortete Gwendaline und ließ ihn allein.

Sie zog sich in die Küche zurück, nahm das Telefon und drückte auf die Wahlwiederholungstaste. Schon nach dem ersten Klingeln wurde am anderen Ende der Leitung abgehoben. »Hallo, Mama. Nein. Nein, nichts Besonderes. Er hatte nur sein T-Shirt vergessen. Ach ja ... Ich glaube, er geht gerade.«

Manfred stand auf der Schwelle zur Küche und schaute Gwendaline direkt in die Augen. »Willst du mit mir fliehen?«, fragte er sie geradeheraus.

Ihre Hand umklammerte den Hörer. »Ei... einen Augenblick mal, Mama. Ich rufe dich gleich wieder zurück.« Sie legte auf.

Manfred stand bewegungslos vor ihr.

»Wie bitte, was hast du gerade gesagt?«, fragte sie leise.

»Ich habe dich gefragt, ob du mit mir fliehen willst.«

»Fliehen? Wohin denn? Etwa nach London?«, versuchte Gwendaline zu scherzen.

»Du kannst es dir aussuchen: Ägypten oder Venedig«, antwortete Manfred und hielt abwechselnd den Schlüssel mit dem Löwen und den mit der Katze hoch.

Gwendaline riss erstaunt die Augen auf. »Aber ... Wann, wann genau möchtest du fliehen?«

»In fünf Minuten«, sagte Manfred. »Was ist dir lieber?«

Fassungslos sah Gwendaline ihn an. »Ich ... Ägypten, glaube ich.«

»Perfekt. Du brauchst dich nicht umzuziehen«, meinte er. »Es ist hier ganz in der Nähe und es ist dort ziemlich warm.«

Während Nestor mit dem Motorrad zur Villa Argo fuhr, eilten Rick und Pater Phoenix zum Bahnhof.

Black Vulcanos Lokomotive war bereits an Bahnsteig 1 angekommen. Fred Halbwach stand davor und bewunderte sie im Schein der Laternen.

»Fred!«

»Pater Phoenix!«

»Rick!«

Fred fing augenblicklich an, von Manfred zu erzählen. »Als die Lokomotive angehalten hat, ist er sofort hinausgestürzt. Es sah aus, als hätte er Angst, den Anschlusszug zu verpassen!«, witzelte er. »So, jetzt muss ich aber ins Bett.«

Fred ging gähnend nach Hause, während Pater Phoenix und Rick sich auf eine Bank vor dem Bahnhof setzten.

»Was für eine Nacht«, meinte Rick. »Ich glaube, die werde ich nie vergessen.«

»Ich auch nicht.« Der Pfarrer rieb sich die Augen.

Im Osten zeigte sich am Himmel ein heller Streifen. Bald würde die Sonne aufgehen. Die ersten Sterne verblassten bereits, als das laute Knattern eines Motorrads Nestors Rückkehr ankündigte. Er hatte von der Villa Argo Zan-Zan und einen leeren Wasserkanister mitgebracht.

»Wir dürfen keine Zeit verlieren!«, rief er und holte den Schlüssel mit dem Pferd aus der Tasche, den Black ihm gegeben hatte. »Steht der Zug im Bahnhof?«

»Ja.« Pater Phoenix nickte.

»Dann mal los!« Nestor hinkte auf den Bahnsteig zu.

»Wir ... alle?«, wollte Rick wissen und warf einen besorgten Blick zu Zan-Zan hinüber.

»Die Dame möchte nach Hause zurück«, erklärte Nestor. »Und das macht es für uns alle einfacher. Sie hatte ... sagen wir mal ... eine kleine Meinungsverschiedenheit mit Black.«

»Eine Tochter!«, zischte die junge Chinesin.

Sie kletterten alle vier an Bord der Klio 1974. Nestor steckte den Schlüssel mit dem Pferd in das Schloss der Tür zur Zeit und drehte ihn um.

»Dass ich sowohl Herrscher über dieses Reich als auch über dessen Diebe bin, hat viele Vorteile«, sagte der Priester Johannes. »Ich habe immer alles unter Kontrolle, verstehst du?«

Jason nickte.

»Als mir das vor ungefähr hundert Jahren einfiel, habe ich mir gesagt: Das ist die Lösung. Es ist so, als hätte ich den Gordischen Knoten entwirrt ... Bei dem ging es ja auch darum, dass ... hm ... ich weiß gar nicht mehr so genau. Lass uns gleich mal in der Abteilung für Redensarten nachsehen.« Priester Johannes suchte eine Weile in den Registern und zwischen den Papierrollen herum, bis er das richtige Dokument gefunden hatte. »Gordischer Knoten. Hier steht es. Hm, wie vergesslich ich doch bin!

Als man Alexander dem Großen sagte, dass man ihn nicht lösen könne, zog er sein Schwert und durchtrennte den Knoten. Einfach und wirksam. Worüber sprachen wir gerade?«

»Du hast mir vom Brunnen der Ewigen Jugend erzählt«, sagte Jason.

»Ach ja! Es ist nämlich so, dass dieses Wasser tatsächlich wirkt. Von einem Augenblick auf den anderen macht es dich wieder jung. Aber es gibt dabei ein kleines Problem: Du vergisst dadurch das meiste von dem, was du gelernt hast. Nicht alles, aber von allem ein bisschen. Deshalb schreibe ich mir immer alles auf, denn sonst müsste ich jedes Mal, wenn ich mich verjünge, wieder ganz von vorn anfangen. Das ist das Lästige dabei. Auf diese Weise jung zu bleiben, ist ziemlich anstrengend.« Der Priester Johannes seufzte und deutete mit einer schwungvollen Geste auf eine Abteilung seines Archivs. »Dort bewahre ich die Geschichten auf, die mir am wichtigsten erscheinen. Wer hat zum Beispiel die Pyramiden erbaut? Pfff, keine Ahnung! Vor hundert Jahren hätte ich es vielleicht noch gewusst, aber jetzt ... Und nun kommen wir zu etwas Wichtigem. Siehst du die leeren Zeilen?«

Jason nickte.

»Also, hier oben steht etwas von den ›Erbauern der Türen‹. Sagt dir das etwas?«

»Eventuell«, gab Jason zu.

»Oh wunderbar! Ich wusste, dass es klug sein würde, mit dir zu reden! Vor langer, langer Zeit – ich weiß nicht mehr, wie lange das her ist – hatte ich mir aufgeschrieben, dass sich in der Ersten Stadt eine Gruppe von Handwerkern zusammenfand, die sich ›Erbauer‹ nannte. Sie waren in der Lage, zwei weit voneinander entfernte Orte durch Türen miteinander zu verbinden. Ihr Wahrzeichen waren drei Schildkröten, denn die Erste Stadt lag am Meer, auf einer Insel. Die Tiere ...« Er fuhr mit dem Finger die Zeilen entlang. »Bla, bla, bla ... Ja, hier steht es! Auch in meinem Garten könnte es einige dieser Türen geben. Nachdem ich das entdeckt hatte, gab ich den Befehl, von sämtlichen Türen in der Festungsanlage die Schlüssel zu entfernen, damit die hier lebenden Diebe jede Tür öffnen konnten. Hm ... An dieser Stelle habe ich notiert, dass ich an einer anderen Stelle nachlesen kann, warum ich die Diebe in Abflussdiebe und Dachsteiger aufgeteilt habe. Aber damit will ich dich nicht langweilen. Das eigentliche Problem ist, dass ich das Geheimnis der Türen immer noch nicht gelöst habe.« Der Priester Johannes rollte das Papier zusammen und begann, im Zimmer herumzulaufen. »Und dann kam Rigobert heute Nacht auf einmal mit der Nachricht von einer Tür, die sich nicht öffnen ließ. Und wusch! Plötzlich bist du da und hast vier Schlüssel mit Tierfiguren in der Tasche. Verstehst du jetzt, warum mich das interessiert?«

Jason fühlte sich unbehaglich. Ihm schossen Hunderte möglicher Antworten durch den Kopf. Schließlich entschied er, aufs Ganze zu gehen. »Du hast mich entlarvt«, log er.

»Ach, wirklich?«

»Ja.«

»Und als was habe ich dich entlarvt?«

»Ich bin ein Erbauer der Türen.«

»Fantastisch!«, jubelte das Oberhaupt der Diebe. »Wirst du mir die Tür aufschließen?«

»Sicher«, versprach Jason.

»Ausgezeichnet. Dann gehen wir sofort zum Kreuzgang!«

Jason schüttelte den Kopf. »Nein, wir müssen zu der Tür neben dem Brunnen der Ewigen Jugend!«

Der Priester Johannes kicherte. »Haha ... das ist ein guter Witz! Und wie kommen wir dorthin?«

»Das weiß ich nicht. Du bist derjenige, der den Weg kennt«, erwiderte Jason.

»Ich habe ihn sicher einmal gewusst«, antwortete der Priester. »Aber aus irgendeinem Grund, den ich inzwischen vergessen habe, ist er mir entfallen. Und auf keiner dieser Papierrollen habe ich einen Hinweis gefunden.«

»Willst du damit sagen, dass du nicht weißt, wo dein Brunnen ist?«

»Genau.«

Jason bekam eine Gänsehaut bei dem Gedanken, was für einen unermesslich kostbaren Schatz er Dagobert überlassen hatte.

»Verstehst du jetzt mein Problem?«, fuhr der Priester Johannes fort und zeigte Jason eine andere Papierrolle. »Hier habe ich aufgeschrieben, dass ich einem venezianischen Kaufmann namens Ulysses Moore von dem

Brunnen erzählt habe. Dieser Mann war ein geschickter Zeichner, das habe ich mir auch notiert. Aber gleich darauf ist von dem Brunnen keine Rede mehr. Und damit ist er für mich verloren.«

»Weiß jemand, wo wir hier sind?«, fragte Rick, als sie auf der Wiese mit den Glühwürmchen standen.

»Trink nicht von diesem Wasser«, riet Nestor ihm und stellte den leeren Kanister unter die hölzerne Regenrinne. »Auf gar keinen Fall!«

»Warum nicht?«

»Es taugt nur für Blumen«, schwindelte der Gärtner.

Rick stellte keine weiteren Fragen.

»Sind sie nicht herrlich?«, rief Pater Phoenix und zeigte auf die Glühwürmchen.

»Sie erinnern mich an die in der Höhle unter der Villa Argo«, sagte Rick.

»Es sind die aus der Höhle«, bemerkte Nestor.

Rick ließ seinen Blick über die Festungsanlage mit ihren Türmen, Häusern, Mauern und unzähligen Gassen schweifen. »Oje!«, stieß er hervor. »Wie sollen wir hier nur Jason finden?«

Nestor schüttelte den Kopf. »Er wird *uns* finden.« Er drehte sich zu Zan-Zan um und grinste. »Zeit für ein kleines Feuerwerk.«

Die erste Rakete stieg über der Festung auf und schrieb ein funkelndes J in den Himmel – J wie Jason.

Julias Bruder hörte den Knall und lief sofort zum Fenster.

»Ich liebe Feuerwerk!«, rief Priester Johannes.

Als Jason den Buchstaben sah, begriff er sofort, dass dies eine Nachricht für ihn war. »Das sind meine Freunde«, sagte er.

Der Priester schaute ihn fragend an. »Wer sind deine Freunde?«

»Die anderen Erbauer der Türen«, log Jason schnell.

Unverzüglich organisierte das Oberhaupt der Diebe eine kleine Expedition, die in weniger als einer Stunde den Ort erreichte, von dem die Feuerwerksraketen aufgestiegen waren.

Jason fiel Rick in die Arme, und noch bevor sie ein Wort miteinander wechseln konnten, schob Nestor sie zusammen mit Pater Phoenix durch die Tür zur Zeit.

Verdutzt blieb der Priester Johannes zurück. Vergeblich versuchte er, die Tür wieder zu öffnen.

Der Morgen

Kaum war der nächste Morgen angebrochen, machten die ersten Gerüchte in Kilmore Cove ihre Runde: Angeblich hatte jemand Dr. Bowens Motorboot gestohlen.

Bald bestätigte der Arzt, dass seine P44 von der Anlegestelle verschwunden war. Mrs Bowen begann herumzuerzählen, dass ihr Mann wohl selbst daran schuld sei. Schließlich ließ er immer die Schlüssel an Bord zurück, und es musste ein Kinderspiel gewesen sein, es zu stehlen. Aber wer kam als Dieb infrage? Im Grunde nur jemand von außerhalb.

Auch wurde an diesem Morgen mit Sorge festgestellt, das zwei geschätzte Bürger von Kilmore Cove verschwunden waren. Von dem stets korrekten Schuldirektor Ursus Marriet fehlte jede Spur – und er sollte auch niemals wieder gesehen werden. Und Gwendaline Mainoff wurde vermisst. Ein Grüppchen besorgter Damen fand sich vor ihrem Laden an der St. Patrick's Large ein und sah ratlos zu den geschlossenen Fenstern im ersten Stock hinauf. Die Friseurin kehrte weder im Laufe des Tages noch im Laufe der nächsten Wochen zurück und alle, die ihre Mutter anriefen, erhielten die gleiche Antwort: »Meine Tochter ist mit der Liebe ihres Lebens durchgebrannt.«

Am späten Vormittag verließ der Pick-up der Firma *Homer & Homer* den Ort. Die Abreise des Architekten führte ebenfalls zu viel Gerede, denn niemand hatte verstanden, was der erste und einzige Logiergast des *Windy Inn* eigentlich in Kilmore Cove gewollt hatte.

Die Villa Argo thronte friedlich über den Klippen, als könne ihr die ganze Aufregung nichts anhaben. Eine eigenartige Stille hatte sich über das Haus gelegt. Mr und Mrs Covenant waren aus tiefem Schlaf erwacht und konnten sich an die Ereignisse des Vorabends nur sehr undeutlich erinnern.

Der Vater der Zwillinge wusste noch genau, dass er gebadet hatte und dann hinuntergegangen war, um die Kinder zu suchen. Aber er hatte keine Ahnung, was danach geschehen war.

»Vielleicht hast du etwas Schlechtes gegessen«, meinte Julia, die sich sehr verständnisvoll gab.

Doch Mr Covenant war überzeugt davon, nichts anderes zu sich genommen zu haben als die übrigen Familienmitglieder. Außerdem beschäftigte ihn die Frage, warum er in aller Welt zwei Bademäntel benutzt hatte.

Seine Frau konnte sich noch gut daran erinnern, sich Sorgen um ihre Kinder gemacht zu haben, doch Julia und Jason beteuerten, nicht aus dem Haus gegangen zu sein.

»Wir waren höchstens mal bei Nestor drüben«, sagte Julia.

Dass Mrs Covenants geblümtes Kleid verschwunden war, beschäftigte sie noch eine ganze Zeit lang.

Nachdem Jason von Rick, Pater Phoenix und Nestor aus dem Garten des Priesters Johannes gerettet worden war, schlief er zwei Tage lang durch. Er hatte sich strikt geweigert zu erzählen, was er erlebt hatte, nachdem er von Julia getrennt worden war.

Mrs Banner wachte in ihrem eigenen Bett auf. Rick war schon in der Küche und machte das Frühstück. Patricia versuchte, sich daran zu erinnern, was am Vorabend geschehen war. Doch es wollte ihr beim besten Willen nicht einfallen.

»Guten Morgen, Mama«, begrüßte ihr Sohn sie.

»Guten Morgen, Rick«, antwortete Mrs Banner und griff zu einem Glas Wasser, das auf dem Küchentisch stand.

»Nein, trink das nicht!«, rief Rick und nahm seiner Mutter das Glas schnell aus der Hand.

»Warum nicht?«, fragte Mrs Banner verdutzt.

»Du siehst sehr gut aus. Ich finde, du wirkst irgendwie jünger«, sagte er, ohne auf die Frage seiner Mutter einzugehen.

Patricia schaute in den Spiegel. Ihr Sohn hatte recht. Sie sah gar nicht so müde aus wie sonst. »Gehst du heute nicht in die Schule?«

Rick schüttelte den Kopf. »Der Direktor ist verschwunden. Es wird einige Tage keinen Unterricht geben.«

»Der Direktor?«

»Ja, ich war vorhin Brötchen holen und im Ort reden alle darüber.«

Die Gerüchteküche brodelte weiter.

Es gab Leute, die behaupteten, in der Nacht den alten Zug gehört zu haben. Wer nachsehen ging, konnte feststellen, dass Black Vulcano zurückgekehrt war und wieder im Bahnhof wohnte.

Dann ging eine neue Nachricht um: Ein alter Wal sei zwölf Kilometer von Kilmore Cove entfernt an der Küste gestrandet.

Viele behaupteten, er sei absichtlich auf den Strand geschwommen, um dort zu sterben. Reporter aus ganz Cornwall kamen, um das riesige Tier zu fotografieren. Freiwillige begossen den Wal mit Wasser, während die Fischer eine Flotte organisierten, um ihn zurück ins offene Meer zu schleppen.

Doch der Wal atmete immer mühsamer und seine Haut trocknete in der Sonne aus. Der Herzschlag verlangsamte sich. Viele Menschen, darunter auch Julia, Jason und Rick, streichelten den Wal und flüsterten ihm aufmunternde Worte zu.

Aber es war alles vergebens.

Der Wal starb und zwischen seinen Barten fand man das Wrack eines Bootes vom Typ P44.

Am darauffolgenden Samstag hängte Pater Phoenix in seiner Kirche ein Aufgebot aus, das die Heirat von Leonard Minaxo und der Buchhändlerin Kalypso ankündigte.

Auch diese Nachricht wurde im Ort wie eine Sensation aufgenommen.

Als Julia, Jason und Rick davon erfuhren, besuchten sie Kalypso in ihrem Geschäft, um ihr zu gratulieren.

Die Buchhändlerin freute sich über ihr Kommen, vergaß aber nicht, die drei an ihr Versprechen zu erinnern. »Als ich euch das Päckchen mit den vier Schlüsseln gab, haben wir etwas ausgemacht: Jeder von euch sollte innerhalb einer Woche ein Buch lesen. Die Woche ist jetzt fast um.« Kalypso schaute sie der Reihe nach an, und Rick, Jason und Julia sahen zu, dass sie aus dem Buchladen kamen.

Das Klassenfoto
PETER
LEONARD
ULYSSES

Ein dunkler Schatten kletterte durch ein Fenster im ersten Stock in die alte Schule von Kilmore Cove und schlich den Flur entlang.

Bei jedem Schritt quietschten die Sohlen von Jasons Turnschuhen auf dem blank polierten Fußboden. Immer zwei Stufen auf einmal nehmend, lief er die Treppe ins Erdgeschoss hinunter und blieb vor dem Zimmer des Schuldirektors stehen.

Behutsam schob Jason die Tür auf, die leise knarrte.

Auf Zehenspitzen schlich er zum Schreibtisch und zog die unterste Schublade auf.

Das ist sie, dachte er, als er die Schachtel mit den beschlagnahmten Gegenständen entdeckte. Er nahm sie aus der Schublade, stellte sie auf dem Schreibtisch ab und öffnete sie.

Sie enthielt die unterschiedlichsten Dinge: eine Wasserpistole, zwei Haselnüsse, in deren Schale ein Muster geritzt worden war, Glasmurmeln, ein zerknittertes Comicheft, ein Fuchsschwanz, den jemand in rosa Farbe getaucht hatte, Spickzettel, zusammengefaltete Briefchen, ein Knäuel Gummibänder, drei Rotstifte und ganz unten auf dem Boden ...

»Maruks Glücksbringer!«, jubelte Jason und griff nach dem Talisman, den er im Land Punt geschenkt bekommen hatte.

Nach all dem, was er im Garten des Priesters Johannes erlebt hatte, konnte er ein bisschen Glück gut gebrauchen.

Er schloss die Schachtel wieder, dann zögerte er jedoch. Er öffnete sie ein weiteres Mal und entnahm ihr noch die Wasserpistole. Anschließend brachte er den Schreibtisch in Ordnung, damit niemand etwas von seinem heimlichen Besuch bemerkte.

Da erst fielen Jason die Fotos auf.

Es waren drei alte Schwarz-Weiß-Aufnahmen. Die erste zeigte eine Klasse im Jahr 1958. Auf der Rückseite hatten die Schüler unterschrieben. Die zweite war das angesengte Foto, das beim Leuchtturm entstanden war und das er aus Peters Werkstatt auf der Insel der Masken vor den Flammen gerettet hatte.

Das dritte war ein unbeschädigter Abzug derselben Aufnahme, auf dem man neben Leonard und Peter auch Nestor sehen konnte. »Peter Dedalus, Leonard Minaxo und Ulysses Moore«, stand auf der Rückseite.

Wie von der Tarantel gestochen, stürmte Jason aus dem Büro, flitzte die Treppe hinauf und verließ das Schulgebäude durch das Fenster, durch das er hineingekommen war.

Keuchend hastete er durch die Straßen zum Haus seines besten Freundes. »RIIIIIIIICK!«, schrie er, so laut er konnte.

Kurz darauf saßen die beiden auf ihren Fahrrädern und strampelten die Küstenstraße hinauf.

»Er war es, auf den Peter Dedalus Oblivia hingewiesen hat, nicht Leonard! Das ist der Beweis, der uns noch fehlte«, keuchte Jason, der auf dem rosa Mädchenrad der Bowens hinter Rick herfuhr.

»Wo ist Julia?«, fragte Rick.

»Zu Hause.«

»Sind eure Eltern in Ordnung?«

»Ja, sie haben wirklich alles vergessen!«

»Und wie viel Wasser aus dem Brunnen der Ewigen Jugend hast du genommen?«, wollte Rick wissen.

»Ein halbes Glas pro Kopf, so wie Nestor es gesagt hat. Und du? Für deine Mutter?«

Rick drehte sich grinsend um. »Eins!«

»Ein ganzes! Bist du verrückt geworden?« Jason hatte Schwierigkeiten, mit seinem Freund mitzuhalten. »Black hat uns doch gewarnt, es nicht zu übertreiben. Und denk an den Priester Johannes. Er hat so viel davon getrunken, dass er zum kleinen Jungen wurde, der sich an nichts mehr erinnern kann.«

»Aber meine Mutter ist jetzt viel jünger und schöner als vorher!«, erwiderte Rick.

»Hat sie dir eigentlich gesagt, was sie mit dem Ersten Schlüssel gemacht hat?«

»Ach was! Wir reden schon seit einer Woche darüber, aber ... nichts.«

»Wie, nichts?«

»Sie erinnert sich daran, dass sie ihn hatte, aber sie weiß nicht mehr, wem sie ihn gegeben hat.«

»Wenn sie es vergessen hat, dann ist das deine Schuld!«

»Ich tue, was ich kann, Jason, aber ich kann sie ja auch nicht jeden Tag nach diesem Schlüssel fragen. Jedenfalls hat sie mir das letzte Mal gesagt, dass sie glaubt, ihn für eine Lotterie gestiftet zu haben.«

»Für eine Lotterie?« Jason sank entmutigt über dem Lenker zusammen und verlor an Geschwindigkeit.

»Komm, beeil dich!«, trieb Rick ihn an.

»Der Erste Schlüssel als Preis bei einer Wohltätigkeitslotterie! Ich glaube es nicht!«

»Mach dir keine Sorgen, Jason. Jetzt, wo Oblivia nicht mehr hinter uns her ist, können wir in aller Ruhe nach ihm suchen. Das hat Nestor auch gesagt ...«

»Ulysses, meinst du wohl.«

»Los, mal sehen, wer zuerst die Villa erreicht!«

Als Jason vollkommen außer Atem zu Hause ankam, saß Rick schon neben Julia auf den Stufen zur Küche.

Jason warf das Fahrrad auf den Boden und ging mit entschlossenen Schritten auf das Gärtnerhaus zu.

»Wo willst du hin?«, fragte Julia.

»Ich will mit Nestor reden!«

»Er ist nicht da!«

»Und wo ist er?«

»Im Mausoleum.«

in the Garden grow ,
Das letzte Tagebuch

Die Tür des Mausoleums der Moores stand offen. Julia, Jason und Rick betraten die runde, von weißen Säulen gesäumte Eingangshalle und stiegen in das unterirdische Geschoss zu den Gräbern hinab. Schon auf der Treppe schlug ihnen ein blumiger Duft entgegen.

Nestor kniete vor Penelopes Grab und schmückte es mit frischen Rosen.

»Hallo!«, rief Jason.

Nestor drehte sich um. »Was macht ihr hier?«

»Ich habe das hier gefunden und kenne jetzt auch dein Geheimnis«, sagte Jason und reichte ihm das Foto.

Nestor schüttelte traurig den Kopf.

»Wirst du uns jetzt erzählen, wie du von Ulysses Moore zu Nestor wurdest?«, fragte Rick.

Nestor ließ seinen Blick über das Grab und die Blumen schweifen. »Können wir draußen darüber sprechen?«, bat er.

Sie setzten sich auf die Stufen zum Mausoleum. Dunkle Wolken jagten einander am Himmel. Nestor streifte seine Arbeitshandschuhe ab, sah aufs Meer hinaus und sagte: »Verzeiht mir, dass ich euch angelogen habe.«

»Dreißig Jahre lang zu behaupten, Nestor zu heißen, ist eigentlich schon ein bisschen mehr als nur eine Lüge«, erwiderte Jason.

»Es ist mit der Zeit zur Gewohnheit geworden«, erwiderte Nestor lächelnd. »Seit ich Leonard kennengelernt und mich auf das Klassenfoto geschmuggelt habe ... Damals behauptete ich, Nestor zu sein, und dann brachte ich es nicht mehr fertig, mich von diesem Namen zu trennen. Es war ein bisschen so, als hätte ich einen Zwillingsbruder.« Schweigend sah er zuerst Julia und dann Jason an. »Ich tat so, als wäre ich mein eigener Gärtner, auf diese Weise konnte ich im Dorf tun und lassen, was ich wollte. Und als dann Penelope starb, hörte ich einfach auf, Ulysses Moore zu sein. Ulysses war ein Reisender mit einer fantastischen Frau. Nestor dagegen ... er ist nur ein alter Gärtner.«

»Wer wusste davon?«, fragte Julia

»Nur einige meiner alten Freunde.«

»Und warum hat es uns keiner gesagt?«, wollte Jason wissen.

»Weil ich sie darum gebeten habe. Aber jetzt kennt ihr die Wahrheit.«

»Na weißt du!«, schimpfte Jason. »All die Mühe, die wir uns gegeben haben, um deinen Hinweisen nachzugehen. Wäre es nicht einfacher gewesen, du hättest uns von Anfang an alles erzählt?«

Nestor lächelte. »Es hätte euch nur halb so viel Spaß gemacht.«

»Aber wir haben für dich unser Leben riskiert.« Jason musste an sich halten, um nicht zu schreien.

»Und ich für euch. Dabei hätte ich nicht gedacht, dass ihr so weit kommen würdet. Der Wunsch, dass junge Leute wie ihr die Türen zur Zeit wieder öffnen, war so groß. Und tatsächlich erhielt ich einige Tage vor eurer Ankunft in der Villa Argo den Abholschein von der Post.« Nestor grinste.

»Dann bist du nicht derjenige gewesen, der die Schlüssel abgeschickt hat?«, fragte Julia verwundert.

»Nein, die Schlüssel sind direkt an euch gegangen. So wie ich sie einst erhalten habe.«

Jason schüttelte den Kopf. »Langsam, langsam ... Da ist etwas, das ich nicht verstehe. Mein Sturz von den Klippen. Wenn ich an jenem Tag nicht auf der Treppe ausgerutscht wäre, hätte ich die geheime Botschaft im Felsen nicht gefunden, und ...«

Ulysses nickte. »Dann hätte ich euch den Abholschein nicht finden lassen.« Er räusperte sich. »Ich hatte beschlossen, nur dann den nächsten Schritt zu gehen, wenn ihr zuvor eine meiner Botschaften finden würdet.«

»*Eine* deiner Botschaften?«, wunderte sich Julia.

»Eine zweite war in dem Ahorn versteckt und die dritte in einem Geheimfach in der Bibliothek.«

Julia, Jason und Rick sahen einander erstaunt an.

»Ich hatte sogar vor, auf diesen Baum zu klettern!«, fiel Jason wieder ein.

»Ich habe euch beobachtet und euch, wann immer ich konnte, geholfen«, fuhr Nestor fort.

»Die Schiffsmodelle und die Tagebücher im Turmzimmer ...«, erinnerte sich Julia.

»Genau. Und manchmal habt ihr mich wirklich überrascht. Wie damals, als ihr die Schallplatte in Peters

Schachbrett gefunden habt. Bis zu diesem Augenblick hatte ich nicht gewusst, warum er so plötzlich verschwunden war.«

»Das haben wir entdeckt?«, fragte Jason mit weit aufgerissenen Augen.

»Ebenso wie viele andere Dinge. Zum Beispiel konnte ich nie etwas über die Erbauer der Türen herausfinden. Trotz all meiner Reisen. Und nachdem es Penelope und mir eines Tages fast nicht mehr gelungen wäre, nach Kilmore Cove zurückzukehren, entschieden wir, die Türen für immer zu verschließen. Es erschien uns einfach zu gefährlich, dem Geheimnis ihrer Erbauer weiter hinterherzujagen.«

»War das denn die Reise, bei der Leonard ...« Rick schluckte.

»Genau. Die, bei der er beinahe von einem Hai aufgefressen wurde.«

»Und warum hast du später deine Meinung geändert?«, fragte Julia.

»Oblivia kam dem Geheimnis immer mehr auf die Spur. Ich musste etwas tun, um sie aufzuhalten«, antwortete Ulysses.

»Und was steht in den Tagebüchern, die ich in deinem Arbeitszimmer gefunden habe?«, wollte Julia wissen.

»Ach die!« Ulysses lächelte geheimnisvoll. »Da steht nichts drin, was ihr nicht schon wisst. In diesen Tagebüchern geht es um euch«, verriet er ihnen.

Den dreien verschlug es die Sprache.

Jason erholte sich als Erster. »Um uns?«

»Richtig. Darüber, wie ihr die Türen wieder geöffnet und die Geheimnisse von Kilmore Cove Stück für Stück gelüftet habt. Ich habe alte Zeichnungen von mir eingefügt und auch neue gemacht, aber ...«

»Warum hast du sie in Geheimschrift verfasst?«, fiel Julia ihm ins Wort.

»Weil ich nicht sicher sein konnte, wie die Geschichte mit Oblivia ausgehen würde.«

»Und jetzt?«, fragte Jason.

»Jetzt weiß ich, dass die vier Schlüssel in guten Händen sind.«

»Erzähl uns von Penelope«, bat Julia leise. »Ist sie wirklich im Venedig des achtzehnten Jahrhunderts zur Welt gekommen?«

Nestor stand auf und schaute aufs Meer hinaus. »Ja. Ich lernte sie auf einer Reise kennen, die ich zusammen mit meinem Vater unternahm. Danach konnte ich nur noch an sie denken«, vertraute Ulysses ihnen an. »Kilmore Cove und die Villa Argo bedeuteten mir nichts mehr. Und schließlich bot mein Vater an, nach Venedig zu gehen, damit Penelope hierherkommen konnte. Und so geschah es. Und sie hat hier gelebt ... bis sie von den Klippen gestürzt ist.«

Rick, Julia und Jason sahen einander an.

»Dann, als Peter nach Venedig floh, entdeckte mein Vater, dass die Tür in der Calle dell'Amor degli Amici offen war, und er kehrte zur Villa Argo zurück, wo er kurz darauf friedlich starb. Er liegt hier begraben, in unserem Mausoleum.«

»Und deshalb blieb Peter dort: Die Tür war verschlossen.«

»Das stimmt«, bestätigte Ulysses Moore.

Ein plötzliches Geräusch ließ sie zusammenfahren. Es kam aus dem Inneren des Mausoleums. Jason, Julia und Rick sprangen auf.

»Was war das?«

»Ach, das ...«, meinte Ulysses mit einem verschmitzten Grinsen. »Das dürfte zu unserem nächsten Problem werden.«

»Wie meinst du das?«, fragte Rick.

Ulysses zog sich wieder die Arbeitshandschuhe an, während von unten nochmals das seltsame Geräusch zu ihnen heraufdrang. Dieses Mal hörten sie gleich darauf ein ungewöhnlich raues Lachen.

Jason und Rick erkannten es sofort wieder. »He!«, riefen sie fast gleichzeitig.

»Das hört sich an wie das Lachen von ... Aber das ist doch nicht möglich«, meinte Jason.

»Doch, das ist es«, entgegnete Ulysses Moore. »Ich fürchte, dass Manfred und Gwendaline bei ihrer Flucht nach Ägypten die Tür offen gelassen haben.«

Julia sah Rick und Jason verständnislos an. »Würdet ihr mir das bitte erklären.«

Ohne Julia weiter zu beachten, gingen Jason und Rick ins Mausoleum zurück. Nestor folgte ihnen auf dem Fuß.

Dort begegneten sie einem alten Mann mit getrübtem Blick, der ein riesiges Krokodil an der Leine führte.

»Haha!«, rief der alte Besitzer des *Ladens der vergessenen Landkarten.* »Wen haben wir denn da? Spitze Zunge und Steinernes Herz!«

Als Julia, die den dreien gefolgt war, das Krokodil erblickte, schrie sie erschrocken auf.

»Ruhig, Talos! Sei brav!«, sagte der alte Mann und zog an der Leine.

»Und was machen wir jetzt?«, fragte Jason Ulysses.

»Was fragt ihr mich? Ihr seid die Ritter von Kilmore Cove!«, entgegnete dieser. »Und ihr habt die vier Schlüssel! Ihr entscheidet, was zu tun ist.«

Sofort entbrannte eine Diskussion darüber, wie sie weiter vorgehen wollten.

»Wir müssen sie ins Haus bringen, wenn Papa und Mama nicht da sind«, sagte Julia.

»Stell dir vor, Mama sieht das Krokodil!«

»Und wie sollen wir sie bis zu der Rutsche locken?«

»Tatsache ist, dass sie so schnell wie möglich dorthin zurückkehren müssen, wo sie hergekommen sind.«

»Und wir müssen Manfred und Gwendaline finden.«

»Und Peter? Wie verhalten wir uns gegenüber Peter?«

»Er ist in Venedig.«

»Was ist, wenn er in Schwierigkeiten steckt?«

»Das glaube ich nicht. Wenn er diese Nachricht schreiben konnte, bedeutet das, dass er inzwischen die Callers kennengelernt hat.«

»Vielleicht sollten wir sie alle hierher einladen.«

»Wir sollten lieber versuchen, den Schlüssel mit dem Löwen zu finden.«

»Wer hat den denn?«

»Manfred.«

»Dafür haben wir jetzt lauter neue Schlüssel, die wir noch nie benutzt haben.«

»Und wir besitzen Ulysses' andere Bücher!«

»Wenn sich deine Mutter doch nur daran erinnern könnte, wo der Erste Schlüssel abgeblieben ist!«

»Abgesehen von Ulysses Moores wahrer Identität haben wir eigentlich so gut wie nichts herausgefunden. Wir wissen weder, wo der Erste Schlüssel ist, noch wer die Erbauer der Türen sind.«

»Halt, Moment mal!«, rief Jason plötzlich.

»Was?«, fragte Julia.

»Die vier Schlüssel!«

»Die habe ich, Jason.«

»Nein, ich meine ...«

»Ja?«, fragte Julia.

»Als wir Kalypso zur bevorstehenden Hochzeit gratuliert haben ...«

»Oje, wenn ich nur daran denke, dass ich noch das ganze Buch lesen muss.« Rick schlug sich mit der flachen Hand vor die Stirn.

»Erinnert ihr euch daran, was sie gesagt hat? ›Als ich euch das Päckchen mit den vier Schlüsseln gab, haben wir etwas ausgemacht.‹«

»Also?« Julia schaute ihren Bruder erwartungsvoll an.

»Versteht ihr denn nicht? Kalypso hat die Post aufgeschlossen, um uns das Päckchen zu geben. Wie konnte sie wissen, dass in dem kleinen Paket die vier Schlüssel sind? Wir haben es ihr nie erzählt!«

»Willst du damit sagen, dass Kalypso ...« Julias Gedanken rasten.

»Eine ... Erbauerin der Türen gewesen sein könnte«, schlussfolgerte Rick.

CERTIFIED COPY
AN ENTRY OF BIRTH
Application N
ULYSSES MOORE
REGISTER OFFICE Kilmore Cove - Cornwall
the Sub-district of East
in the Country of Londo
Name, if any
Sex
Name and surname of father
Name, surname and maiden surname of mother
Occupation of father
Ulysses
Boy
John Joyce
Annabelle Moore
28th
CAUTION: THERE ARE OFFENCES RELATING TO FALSIFYING OR ALTERING A CERTIFICATE AND USING OR POSSESSING A FALSE CERTIFICATE ©CROWN COPYRIGHT
WARNING: A CERTIFICATE IS NOT EVIDENCE OF IDENTITY.
A Wise Old Owl
Urlaub in Venedig

Fred Halbwach hatte jede Menge Ärger am Hals. Die Alte Eule funktionierte nicht richtig und so war in den letzten Tagen sehr viel Arbeit liegen geblieben.

»Was für ein Chaos«, beklagte sich Fred eines Abends bei Pater Phoenix. »Ich konnte nicht mal Nestors Anfrage bearbeiten.«

»Nestors Anfrage?« Der Pfarrer hatte verwundert eine Augenbraue hochgezogen.

»Ja, er hat behauptet, die Alte Eule hätte einen Fehler gemacht. So ein Quatsch! Die Alte Eule macht keine Fehler. Schließlich hat Peter sie entwickelt.« Fred leerte sein Glas Apfelsaft, bestellte ein neues und fuhr fort: »Aber Nestor gab keine Ruhe und schließlich habe ich die Korrektur per Hand vorgenommen. Er wollte, dass der Eintrag ›vermutlich verstorben‹ aus Ulysses Moores Akte gestrichen wird.« Fred Halbwach gähnte. »Na, Hauptsache, alle sind zufrieden ...«

»Ja, das ist die Hauptsache«, stimmte Pater Phoenix ihm zu.

»Nur ich bin nicht zufrieden!«, brummte Fred Halbwach. »Ich bin ziemlich fertig.«

»Vielleicht solltest du einfach mal Ferien machen, Fred.«

»Stimmt«, überlegte der Beamte und schob seine rechte Hand in die Hosentasche. »Ein Urlaub ist genau das, was ich jetzt brauche ... Venedig wäre vielleicht schön«, meinte er.

Vorsichtig umschlossen seine Finger den Griff eines Schlüssels. Es war der Schlüssel mit den drei Schildkröten, den er vor einiger Zeit bei einer Wohltätigkeitslotterie gewonnen hatte.

Anmerkung des Verlags

Liebe Leser,

endlich wurde das Geheimnis von Ulysses Moore und seinen Tagebüchern gelöst: Nestor und Ulysses sind ein und dieselbe Person.
Kurz bevor dieses Buch in Druck ging, erhielten wir noch einen weiteren Brief von unserem Mitarbeiter Markus Renner. Auch dieser kam aus Kilmore Cove.

Das Lektorat des Coppenrath Verlags

Meine Lieben,

also, es war folgendermaßen: Ulysses Moores Tagebücher wurden Kalypso anvertraut, die sie wiederum in der Truhe, die all die Jahre im Gärtnerhaus gestanden hatte, in der Pension in Zennor abgab.

Ich werde wohl nie erfahren, warum Kalypso unter all den Dichtern und Schreiberlingen der Welt ausgerechnet mich auserwählte, aber ich werde ihr mein Leben lang dafür dankbar sein. Jetzt, wo ich auch das sechste Tagebuch entschlüsselt habe, weiß ich endlich, warum als Autor unbedingt Ulysses Moore angegeben werden sollte. Denn schließlich war er derjenige, der diese Geschichte aufschrieb. Wann immer ich in Zukunft etwas von Cornwall, Venedig oder dem Alten Ägypten hören werde, werde ich daran denken, dass sie untereinander durch die Türen zur Zeit verbunden sind. Vielleicht erforschen Julia, Jason und Rick sie gerade in diesem Augenblick.

Ich war in Venedig und habe dort Penelopes Haus gesucht und gefunden. Im zweiten Stock, in einem Zimmer, dessen Fenster auf den kleinen Innenhof hinausgeht, habe ich ihr Porträt gesehen. Sie war ein wunderschönes Mädchen und muss sehr freundlich gewesen sein. Ich kann nur ahnen, was es für Ulysses bedeutet haben muss, eine Frau wie sie zu verlieren. Er spricht nie von ihr und es kommt mir vor, als hege er ganz heimlich die Hoffnung, dass sie nicht wirklich bei dem Sturz von den Klippen starb. Und wenn sie noch am Leben wäre ...?

Es ist spät geworden und ich muss diesen Brief hier beenden. Ich habe mir endlich eine Uhr gekauft. Eine Taschenuhr. Auf dem Zifferblatt sind eine Eule und die Initialen P. D. eingraviert. Wenn man mich fragt, wo ich sie herhabe, antworte ich: aus einem Städtchen, das es nicht gibt.

Markus

Das große Finale der ersten Staffel ...

Nach *Die Tür zur Zeit*, *Die Kammer der Pharaonen*, *Das Haus der Spiegel*, *Die Insel der Masken* und *Die steinernen Wächter* ist *Der Erste Schlüssel* Ulysses Moores sechstes Buch.

R. M.
CHAS. A. S
BOHANNAN LOC
LATCHES
These goods are of
quality, and, exceptin
are the best made good
FIG. 1965. RIM STOR
No. 199, $2.00. Size
blers, bronze bolt and
and locks from inside
No. 156, $0.75; iron bolt.
FIG. 1967. RIM NIGHT LA
No. 165, $1.00; heavy bron
brass knob, has 4 tumblers
furnish this latch made of all
metal; price, $1.75.
YOUR WE
YOUR
The value of a good memory is inesti
exaggerate. Easy to deal in generalitie
put it more definitely. A good memor
valuable. As soon as you have acquired
have acquired a definite value in the e
have a definite merit, a merit which make
In a word, you are a specialist. If you ha
own your good memory is of equal or grea
avail yourself of it freely in whatever di
further your interests. Socially your g
saves you a thousand petty vexations, p
from losing friends, and generally oils th
In short, there is not a department of life
the value of a good memory cannot b
vincingly shown. We will take it tha
have proved our point. The value of a
memory is not open to question. Memo
means money. Now, when there is
"good thing" knocking about, peopl
will naturally want to know whether it is
within their reach. We can satisfy
them on this head. It is within
their reach — if they set about it
the right way. The right way is
this: let them acquire the secret
of certainty in recollection. In
What has been done can be done. The
changed them from bad memories into go
the gift of Certainty in recollectio
your case? Numbers have gone out of t
they have received from the Pelman-F
Members of Parliament, Scientists. Such
admitted the power of the Pelman-Foster
to join their ranks. If you do you will ne
The Pelman-Foster System is the onl
latest psychological researches by the
training Systems" have been prepared b
utterly false. The Pelman-Foster System
endorsed and recommended by the leadin
FREE. Explanat sent po
THE PELMAN
23 Wenham House
UTH AFRICA:
Lynn Buildings,
rban, Natal.
GERMANY.